T0161033

EL COMPLOT MONGOL

RAFAEL BERNAL
EL COMPLOT MONGOL

Diseño de portada: Jorge Garnica, La Geometría Secreta

© 1969, Rafael Bernal
© 1972, Idalia Villarreal Solís

Derechos reservados

© 2011, Editorial Planeta Mexicana, S.A. de C.V.
Bajo el sello editorial JOAQUÍN MORTIZ M.R.
Avenida Presidente Masarik núm. 111,
Piso 2, Polanco V Sección, Miguel Hidalgo
C.P. 11560, Ciudad de México
www.planetadelibros.com.mx

Primera edición: 1969
Primera edición en Booket: enero de 2003

Primera edición en formato epub: junio de 2013
ISBN: 978-607-07-1739-0

Primera edición en esta presentación: julio de 2011
Vigésima primera reimpresión en esta presentación: noviembre de 2023
ISBN: 978-607-07-0833-6

Impreso en los talleres de Corporación de Servicios Gráficos Rojo S.A. de C.V.
Progreso #10, Colonia Ixtapaluca Centro, Ixtapaluca, Estado de México, C.P. 56530.
Impreso y hecho en México – *Printed and made in Mexico*

I

A las seis de la tarde se levantó de la cama y se puso los
zapatos y la corbata. En el baño se echó agua en la cara
y se peinó el cabello corto y negro. No tenía por qué ra-
surarse; nunca había tenido mucha barba y una rasurada
le duraba tres días. Se puso una poca de agua de colonia
Yardley, volvió al cuarto y del buró sacó la cuarenta y
cinco. Revisó que tuviera el cargador en su sitio y un
cartucho en la recámara. La limpió cuidadosamente con
una gamuza y se la acomodó en la funda que le colgaba
del hombro. Luego tomó su navaja de resorte, comprobó
que funcionaba bien y se la guardó en la bolsa del pantalón. Finalmente se puso el saco de gabardina beige y el
sombrero de alas anchas. Ya vestido volvió al baño para
verse al espejo. El saco era nuevo y el sastre había hecho
un buen trabajo; casi no se notaba el bulto de la pistola
bajo el brazo, sobre el corazón. Inconscientemente, mientras se veía en el espejo, acarició el sitio donde la llevaba.
Sin ella se sentía desnudo. El Licenciado, en la cantina
de La Ópera, comentó un día que ese sentimiento no era
más que un complejo de inferioridad, pero el Licenciado,
como siempre, estaba borracho y, de todos modos, ¡al

diablo con el Licenciado! La pistola cuarenta y cinco era parte de él, de Filiberto García; tan parte de él como su nombre o como su pasado. ¡Pinche pasado!

De la recámara pasó a la salacomedor. El pequeño apartamento estaba inmaculado, con sus muebles de Sears casi nuevos. No nuevos en el tiempo, sino en el uso, porque muy poca gente lo visitaba y casi nadie los había usado. Podía ser el cuarto de cualquiera o de un hotel de mediana categoría. No había nada allí que fuera personal; ni un cuadro; ni una fotografía; ni un libro; ni un sillón que se viera más usado que otro; ni una quemadura de cigarro o una mancha de copa en la mesa baja del centro. Muchas veces había pensado en esos muebles, lo único que poseía aparte de su automóvil y el dinero bien guardado. Cuando se mudó de la pensión, una de tantas donde había vivido siempre, los compró en Sears; los primeros que le ofrecieron, y los puso como los dejó el empleado que los llevó y colocó también las cortinas. ¡Pinches muebles! Pero en un apartamento hay que tener muebles, y cuando se compra un edificio de apartamentos, hay que vivir en uno de ellos. Se detuvo frente al espejo de la consola del comedor y se ajustó la corbata de seda roja y brillante, así como el pañuelo de seda negra que llevaba en la bolsa del pecho, el pañuelo que olía siempre a Yardley. Se revisó las uñas barnizadas y perfectas. Lo que no podía remediar era la cicatriz en la mejilla, pero el gringo que se la había hecho tampoco podía remediar ya su muerte. ¡Vaya lo uno por lo otro! ¡Pinche gringo! ¿Conque era muy bueno para el cuchillo? Pero no tanto para los plomazos. Y le llegó su día allí en Juárez. Más bien fue su noche. Eso le ha de enseñar a no querer madrugar cristianos en la noche, que no por mucho madrugar amanece más temprano, y a ese gringo ya no le va a amanecer nunca.

La cara oscura era inexpresiva, la boca casi siempre inmóvil, hasta cuando hablaba. Sólo había vida en sus grandes ojos verdes, almendrados. Cuando niño, en Yurécuaro, le decían el Gato, y una mujer en Tampico le decía mi Tigre Manso. ¡Pinche Tigre Manso! Pero aunque los ojos se prestaban a un apodo así, el resto de la cara, sobre todo el rictus de la boca, no animaba a la gente a usar apodos con él.

En la entrada del edificio el portero lo saludó marcialmente:

—Buenas tardes, mi capitán.

Este maje se empeña en decirme capitán, porque uso traje de gabardina, sombrero texano y zapatos de resorte. Si llevara portafolios me diría licenciado. ¡Pinche licenciado!, y ¡pinche capitán!

La noche empezaba a invadir de grises sucios las calles de Luis Moya, y el tráfico, como siempre a esas horas, era insoportable. Resolvió ir a pie. El Coronel lo había citado a las siete. Tenía tiempo. Anduvo hasta la avenida Juárez y torció a la izquierda, hacia el Caballito. Podía ir despacio. Tenía tiempo. Toda la pinche vida he tenido tiempo. Matar no es un trabajo que ocupa mucho tiempo, sobre todo desde que le estamos haciendo a la mucha ley y al mucho orden y al mucho gobierno. En la Revolución era otra cosa, pero entonces yo era muchacho. Asistente de mi general Marchena, uno de tantos generales, segundón. Un abogadito de Saltillo dijo que era un general pesetero, pero el abogadito ya está muerto. No me gustan esos chistes. Bien está un cuento colorado, pero en lo que va a los chistes, hay que saber respetar, hay que saber respetar a Filiberto García y a sus generales. ¡Pinches chistes!

Sus conocidos sabían que no le gustaban los chistes. Sus mujeres lo aprendían muy pronto. Sólo el Licenciado, cuando estaba borracho, se atrevía a decirle cosas en

9

broma. Es que a ese pinche Licenciado como que ya no le importa morirse. Cuando tiraron la bomba atómica en Japón me preguntó muy serio, allí frente a todos: "De profesional a profesional, ¿qué opina usted del presidente Truman?" Casi nadie se rio en la cantina. Cuando yo estoy allí casi nadie se ríe, y cuando juego al dominó tan sólo se oye el ruido de las fichas que golpean el mármol de la mesa. Así hay que jugar al dominó, así hay que hacer las cosas entre hombres. Por eso me gustan los chinos de la calle de Dolores. Juegan su pocarito y no hablan ni andan con chistes. Y eso que tal vez Pedro Li y Juan Po no saben quién soy. Para ellos soy el honolable señol García. ¡Pinches chales! A veces parece que no saben nada de lo que pasa, pero luego resulta como que lo saben todo. Y uno allí haciéndole al importante con ellos y ellos viéndole la cara de maje, pero eso sí, muy discretitos. Y yo como que les sé sus negocios y sus movidas. Como lo de la jugadita y como lo del opio. Pero no digo nada. Si los chinos quieren fumar opio, que lo fumen. Y si los muchachos quieren mariguana, no es cosa mía. Eso le dije al Coronel cuando me mandó a Tijuana a buscar a unos cuates que pasaban mariguana a Estados Unidos. Eran mexicanos unos y gringos los otros, y dos de ellos se alcanzaron a morir. Pero hay otros que siguen pasando la mariguana y los gringos la siguen fumando, digan lo que digan sus leyes. Y los policías del otro lado presumen mucho del respeto a la Ley y yo digo que la Ley es una de esas cosas que está allí para los pendejos. Tal vez los gringos son pendejos. Porque con la Ley no se va a ninguna parte. Allí está el Licenciado, gorreando las copas en la cantina y es aguzado para la Ley. "Si caes, él te saca de cualquier lío." Pero yo no caigo. Una vez caí, pero allí aprendí. Para andar matando gente hay que tener órdenes de matar. Y una vez me salí del huacal y maté sin órdenes.

Tenía razón para matarla, pero no tenía órdenes. Y tuve que pedir las de arriba y comprometerme a muchas cosas para que me perdonaran. Pero aprendí. Eso fue en tiempos de mi general Obregón y tenía yo veinte años. Y ora tengo sesenta y tengo mis centavos, no muchos, pero los bastantes para los vicios. ¡Pinche experiencia! Y ¡pinches leyes! Y ahora todo se hace con la ley. De mucho licenciado para acá y licenciado para allá. Y yo ya no cuento. Quítese viejo pendejo. ¿En qué universidad estudió? ¿A qué promoción pertenece? No, para hacer esto se necesita tener título. Antes se necesitaban huevos y ora se necesita título. Y se necesita estar bien parado con el grupo y andar de cobero. Sin todo eso la experiencia vale una pura y dos con sal. Nosotros estamos edificando México, y los viejos para el hoyo. Usted para esto no sirve. Usted sólo sirve para hacer muertos, muertos pinches, de segunda. Y mientras, México progresa. Ya va muy adelante. Usted es de la pelea pasada. A balazos no se arregla nada. La Revolución se hizo a balazos. ¡Pinche Revolución! Nosotros somos el futuro de México y ustedes no son más que una rémora. Que lo guarden por allí, donde no se vea, hasta que lo volvamos a necesitar. Hasta que haya que hacer otro muerto, porque no sabe más que de eso. Porque nosotros somos los que estamos construyendo a México desde los bares y coctel lounges, no en las cantinas, como ustedes los viejos. Aquí no se puede entrar con una cuarenta y cinco, ni con traje de gabardina y sombrero texano. Y mucho menos con zapatos de resorte. Eso está bien para la cantina, para los de la pelea pasada, para los que ganaron la Revolución y perdieron la pelea pasada. ¡Pinche Revolución! Y luego salen con sus sonrisas y sus bigotitos: "¿Usted es existencialista?" "¿Le gusta el arte figurativo?" "Le deben gustar los calendarios de la Casa Galas." ¿Y qué de malo tienen los calendarios de la Casa Galas? Pero es que así no se puede edificar a México. Ya lo mandaremos llamar cuando se necesite otro muertito. Jíjole, como que nos madrugaron estos muchachos. Y el Coronel puede que no tenga ni sus cuarenta años y ya está allá arriba. Coronel y licenciado. ¡Pinche Coronel! Con los chinos la cosa está mejor. Allí respetan a los viejos y los viejos mandan. ¡Pinches chales y pinches viejos!

El Coronel vestía de casimir inglés. Usaba zapatos ingleses y camisas hechas a mano. Había asistido a muchos congresos internacionales de policía y leído muchos libros sobre la materia. Le gustaba implantar sistemas nuevos. Decían que por no dar algo, no daba ni la hora. Sus manos eran largas y finas, como de artista.

—Pase, García.

—A sus órdenes, mi Coronel.

—Puede sentarse.

El Coronel encendió un Chesterfield. Nunca ofrecía y chupaba el humo con todas las fuerzas de sus pulmones, como para no desperdiciar nada.

—Tengo un asunto para usted. Puede que no sea nada serio, pero hay que tomar precauciones.

García no dijo nada. Había tiempo para todo.

—No sé si el asunto esté dentro de su línea, García, pero no tengo a nadie más a quien encomendarlo.

Volvió a chupar el cigarro con codicia y dejó escapar el humo lentamente, como si le doliera perderlo.

—Usted conoce a los chinos de la calle de Dolores.

No era una pregunta. Era una afirmación. Este pinche Coronel y licenciado sabe muchas cosas, más de las que uno cree. Por no desprenderse de algo, no olvida nada. ¡Pinche Coronel!

—En algunas ocasiones ha trabajado con el FBI. Por cierto no lo quieren y no les va a gustar que lo destaque

12

para este trabajo. Pero se aguantan. Y no quiero que tenga disgustos con ellos. Tienen que trabajar juntos. Es una orden. ¿Entendido?

—Sí, mi Coronel.

—Y no quiero escándalos ni muertes que no sean estrictamente necesarias. Por eso aún no estoy seguro de que usted sea el indicado para esta investigación.

—Como usted diga, mi Coronel.

El Coronel se puso de pie y fue hacia la ventana. No había nada que ver allí, tan sólo el patio de luz del edificio.

¡Pinche Coronel! No quiero muertes, pero bien que me manda llamar a mí. Para eso me mandan llamar siempre, porque quieren muertos, pero también quieren tener las manos muy limpiecitas. Porque eso de los muertos se acabó con la bola y ahora todo se hace con la ley. Pero a veces la ley como que no alcanza y entonces me mandan llamar. Antes era más fácil. Quiébrense a ese desgraciado. Con eso bastaba y estaba clarito, muy clarito. Pero ahora somos muy evolucionados, de a mucha instrucción. Ahora no queremos muertos o, por lo menos, no queremos dar la orden de que los maten. No más como que sueltan la cosa, para no cargar con la culpa. Porque ahora andamos de mucha conciencia. ¡Pinche conciencia! Ahora como que todos son hombres limpios, hasta que tienen que mandar llamar a los hombres nada más para que les hagan el trabajito.

El Coronel habló desde la ventana:

—En México tan sólo tres hombres saben de este asunto. Dos de ellos han leído su expediente, García, y creen que no se le debe confiar la investigación. Dicen que más que un investigador, un policía, es usted un pistolero profesional. El tercero lo apoya para este asunto. El tercero soy yo.

El Coronel se volvió como para recibir las gracias. Filiberto García no dijo una palabra. Había tiempo para todo. El Coronel siguió:

—Lo he propuesto para esta investigación porque conoce bien a los chinos, toma parte en sus jugadas de póker y les encubre sus fumaderos de opio. Con eso me imagino que le tendrán confianza y podrá trabajar entre ellos. Y, además, como ya dije, ha cooperado anteriormente con los del FBI.

—Sí.

—Uno de los dos hombres que se opone a su nombramiento va a venir esta noche a conocerlo. No tiene usted por qué saber cómo se llama. Le advierto que no sólo duda de su capacidad como investigador, sino de su lealtad al gobierno y a México.

Hizo una pausa, como si esperara una protesta de García. Éste quiere que le suelte un discurso, pero los discursos de lealtad y patriotismo están bien en la cantina, pero no cuando se trata de un trabajo serio. ¡Pinche lealtad!

—Además, va usted a cooperar con un agente ruso, García.

Los ojos verdes se abrieron imperceptiblemente.

—Ya sé que la combinación le ha de parecer rara, pero el hombre que va a venir, si lo cree oportuno, se la explicará.

García sacó un Delicado y lo encendió. Como no había cenicero cerca, volvió a guardar el fósforo quemado en la cajetilla. El Coronel empujó un cenicero sobre el escritorio, para que le quedara cerca.

—Gracias, mi Coronel.

—Yo creo, García, que usted es un hombre leal a su gobierno y a México. Estuvo en la Revolución con el general Marchena y luego, después de aquel incidente con la mujer, ingresó en la policía del estado de San Luis Potosí. Cuando el general Cedillo se levantó en armas, usted estuvo en su contra. Ayudó al gobierno Federal en el asunto de Tabasco y en algunas otras cosas. Ha trabajado bien en la limpieza de la frontera y su labor fue buena cuando los cubanos pusieron ese cuartel secreto.

Sí. La labor fue buena. Maté a seis pobres diablos, los únicos seis que formaban el gran cuartel comunista para la liberación de las Américas. Iban a liberar las Américas desde su cuartel en las selvas de Campeche. Seis chamacos pendejos jugando a los héroes con dos ametralladoras y unas pistolitas. Y se murieron y no hubo conflicto internacional y los gringos se pusieron contentos, porque se pudieron fotografiar las ametralladoras y una era rusa. Y el Coronel me dijo que esos cuates estaban violando la soberanía nacional. ¡Pinche soberanía! Y tal vez así fuera, pero ya muertos no violaban nada. Dizque también estaban violando las leyes del asilo. ¡Pinches leyes! Y pinche paludismo que agarré andando por aquellas selvas. Y luego para que salieran, en público, con que no debí quebrarlos. Pero yo los mato o ellos me matan, porque le andaban haciendo refuerte al héroe. Y a mí, en esos casos, no me gusta ser el muerto.

Se abrió la puerta y entró un hombre bien vestido, delgado, de cabellos entrecanos y gafas con arillos de oro. El Coronel se adelantó a recibirlo.

—¿Llego a tiempo? —preguntó el hombre.

—Exactamente a tiempo, señor.

—Bien. Nunca me ha gustado hacer esperar a la gente ni que me hagan esperar. En nuestro México no puede haber impuntualidad. Buenas noches…

Sonriente le dio la mano a García. Éste se puso de pie. La cortesía del Coronel era contagiosa. La mano del recién llegado era seca y caliente, como un bolillo salido del horno.

—Siéntese aquí señor —dijo el Coronel—. Aquí estará cómodo.

El hombre se sentó.

—Gracias, Coronel. Me imagino que ya el señor García estará en antecedentes.

—Le he explicado que le queremos confiar un trabajo especial, pero que usted y otra persona no creen que sea el adecuado para ello.

—No, mi Coronel, no es así. Tan sólo quería conocer al señor García antes de resolver. Hemos leído su hoja de servicios, señor García, y hay en ella algunas cosas que me han impresionado vivamente.

García calló. El hombre sonrió bonachonamente.

—Es usted un hombre que no conoce el miedo, García.

—¿Porque no me da miedo matar?

—Por lo general, señor García, se tiene miedo a morir, pero puede que sea la misma cosa. Francamente, no he experimentado ninguno de los aspectos de la cuestión.

El Coronel intervino:

—García ya ha trabajado anteriormente con el FBI y conoce bien a los chinos de la calle de Dolores. Además nunca me ha fallado en los trabajos que le he dado y es hombre discreto.

El hombre, la sonrisa bonachona en los labios, veía fijamente a García, como si no oyera las palabras del Coronel, como si entre él y García se hubiera establecido ya una conversación distinta. De pronto levantó ligeramente la mano y el Coronel, que iba a decir algo más, calló:

—Señor García —dijo dejando de sonreír—, por sus antecedentes creo que podemos confiar en su absoluta discreción y eso es de capital importancia. Sin embargo hay una cosa que no queda clara en su expediente. No se habla de sus simpatías o sus intereses políticos. ¿Simpatiza con el comunismo internacional?

—No.

—¿Tiene fuertes sentimientos antinorteamericanos?

—Yo cumplo órdenes.

—Pero debe tener algunas filias y algunas fobias. Digo, algunas simpatías o antipatías en el orden político.

—Cumplo las órdenes que se me dan.

El hombre quedó pensativo. Sacó una cigarrera de plata y ofreció.

—Tengo los míos —dijo García.

Sacó un Delicado. El Coronel aceptó los cigarrillos del hombre y encendió con su encendedor de oro. García usó un fósforo. El hombre sonreía nuevamente, pero sus ojos eran fríos, duros:

—Tal vez sea el indicado para esta misión, señor García. No le niego que es importante. Si manejamos mal las cosas, el asunto puede tener muy graves repercusiones internacionales y consecuencias desagradables, por decir lo menos, para México. Claro que no creo que suceda nada. Como siempre en estos casos, hay que basarse en rumores, en sospechas. Pero tenemos que actuar, tenemos que saber la verdad. Y la verdad que llegue usted a averiguar, señor García, sólo podemos conocerla el Coronel y yo. Nadie más, ¿entiende?

—Es una orden —dijo el Coronel.

García asintió con la cabeza. El hombre siguió diciendo:

—Le voy a anotar un número de teléfono. Si tiene algo urgente que comunicarme, llame allí. Sólo yo contesto ese teléfono. De no contestar y si el asunto lo amerita, llame al Coronel y dígale que quiere hablar conmigo. Él nos pondrá en contacto. Aquí tiene el número.

García tomó la tarjeta. Estaba en blanco, con un número de teléfono escrito a máquina. La vio unos momentos, la puso sobre el cenicero y la quemó. El hombre sonrió satisfecho.

—El asunto es el siguiente: dentro de tres días, como seguramente sabe, el presidente de Estados Unidos vendrá de visita a México. Estará tres días en la capital. Si necesita el programa de actividades de la visita, se lo puede pedir al Coronel. Ya es del dominio público. De todos modos, no creo que lo necesite. La protección de los dos presidentes, el visitante y el nuestro, está encomendada a la policía mexicana y al Servicio Secreto norteamericano. Usted no tendrá nada que ver con eso que es ya un asunto rutinario, de especialistas, digamos. Se han tomado todas las precauciones lógicas y ya están identificadas y vigiladas todas aquellas personas que, creemos, pudieran representar un peligro.

El hombre hizo una pausa para apagar su cigarrillo. Daba la impresión de estar buscando las palabras exactas para explicar el caso y de que le daba trabajo el encontrarlas. El Coronel lo veía impasible.

—Una visita de este tipo siempre implica una grave responsabilidad para el gobierno que ha invitado a un mandatario extranjero. Además, debemos tener presente que, de haber un atentado, nuestro presidente estará también en peligro. Y algo más: la paz del mundo está en juego. No sería ésta la primera guerra que empezara con el asesinato de un Jefe de Estado. Y tenemos también el antecedente de lo sucedido en Dallas. Por eso verá, señor García, que, aunque se trata tan sólo de un rumor, no podemos dejar de atenderlo... No podemos arriesgarnos en nada. Y nos ha llegado un rumor muy grave.

Hizo una pausa, como para que sus palabras permearan profundamente. García estaba inmóvil, los ojos semicerrados.

—Insisto, señor García, en que se trata tan sólo de un rumor. Por eso hay que tratarlo con toda discreción. Si no hay nada de cierto en ello, lo olvidamos y eso es todo. La prensa no se habrá enterado y no ofenderemos a un país con el cual, aun cuando no tenemos relaciones diplomáticas, tenemos un incipiente comercio. Por lo tanto la discreción es fundamental. ¿Me entiende?

—Sí.

El hombre seguía dudando con las palabras. Daba la impresión de no querer decir su secreto. Encendió un nuevo cigarrillo:

—Ante todo tenemos que averiguar lo que haya de cierto en ese rumor y, de haber algo, obrar con rapidez para evitar el desastre. Y también el escándalo, que no nos beneficiaria. Ésa es una de las razones por las que he resuelto encomendarle esta misión. Usted no busca la publicidad en sus asuntos.

—No son cosas para los periódicos.

—Eso es. Esto tampoco es para los periódicos. Veo que nos entendemos.

—Ya le decía, señor, que García era el indicado —dijo el Coronel.

El hombre pareció no haber oído:

—El caso es éste. Un alto funcionario de la embajada rusa se ha acercado a nosotros y nos ha contado una historia extraña. Tome usted en cuenta que los rusos no acostumbran contar cosas, sean extrañas o no. Por eso lo hemos oído con cuidado. Según la embajada rusa, el Servicio Secreto de la Unión Soviética se enteró, hará unas tres semanas, cuando se empezó a planear la visita del presidente de Estados Unidos a México, de que en

China comunista, esto es, en la República Popular China, se planeaba un atentado en contra de él, aprovechando esta visita. Nos informan que el rumor se captó por primera vez en la Mongolia Exterior. Posteriormente, hará diez días, se volvió a captar en Hong Kong y se supo, parece que en fuentes fidedignas, que habían pasado por esa Colonia Británica, rumbo a América, tres terroristas al servicio de China. Observe usted que digo al servicio de China y no chinos. Según la policía rusa, uno de ellos puede que sea norteamericano renegado y los otros dos son de la Europa Central. No sabemos qué pasaportes tengan. En Hong Kong se consiguen pasaportes de cualquier país del mundo. Claro está que ya hemos ordenado una vigilancia estricta en las fronteras, pero no sabemos si ya han entrado a México o si se presentarán con una inocente tarjeta de turista y su pasaporte falso. Como ya le he dicho, tenemos bajo nuestra vigilancia a todos los extranjeros y nacionales que, por sus antecedentes o su ideología, puedan representar un peligro. Muchos de ellos, mientras se lleva a cabo la visita, harán un viaje de algunos días, por nuestra cuenta. Pero diariamente entran a México, en promedio, unos tres mil turistas. Sería completamente imposible tratar de vigilarlos a todos. Así las cosas, la única solución parecía ser la de cuidar más celosamente aún las personas de los dos presidentes durante la visita, usar automóviles a prueba de bala y demás.

El hombre tenía ahora la cara triste, como si el tomar esas medidas le repugnara. Apagó el cigarrillo que casi no había fumado y siguió:

—Esta mañana los rusos nos informaron de algo más. Parece ser que los terroristas tienen órdenes de entrar en contacto aquí en México con algún chino que es agente del gobierno del presidente Mao Tse Tung. Aquí se les dará el material que piensan utilizar en su fechoría, ya que sería peligroso tratar de pasarlo por la frontera. ¿Ha entendido?

—Sí.

—Pues bien, señor García, tenemos que saber si existe ese chino en México y si ese rumor del complot es cierto, y tenemos tres días para averiguarlo.

—Entiendo.

—Y ése va a ser su trabajo. Va a mezclarse con los chinos, va a captar cualquier rumor sobre gente nueva que haya llegado o movimientos entre ellos.

—¿Y si el rumor es cierto y encuentro a los terroristas?

—Obrará usted, en ese caso, como le parezca adecuado.

—Comprendo.

—Y sobre todo, discreción. Si… Si hay que obrar en forma violenta, haga lo imposible porque no se sepa la causa de esa violencia.

—Entiendo.

El hombre pareció haber terminado. Se iba a poner de pie cuando recordó otro asunto:

—Hay otra cosa. Con anuencia de los rusos, hemos notificado a la embajada americana e insisten en que trabaje usted en contacto con un agente del FBI.

—Correcto.

—Y los rusos quieren también que uno de sus agentes, que sabe bastante del asunto, coopere con usted.

—¿Y usted quiere que coopere con ellos?

—Hasta donde sea discreto, señor García. Hasta donde sea conveniente. El agente americano se llama Richard P. Graves. Estará mañana a las diez en punto en el mostrador de la tabaquería que queda a la entrada del Sanborns de Lafragua. A esas horas pedirá unos cigarrillos Lucky Strike. Lo saludará con un abrazo, como si fuera un muy viejo amigo suyo.

—Entendido.

—El ruso se llama Iván M. Laski y estará a las doce en el Café París, en la calle Cinco de Mayo, sentado en la barra, al fondo, tomando un vaso de leche. ¿Entendido?

—Sí.

—Ustedes mismos fijarán la forma como han de trabajar juntos. Y no olvide tenerme informado del progreso de sus investigaciones. Le vuelvo a repetir que nos quedan tan sólo tres días y que, en ellos, debe quedar aclarado el asunto.

El hombre se puso de pie. García hizo otro tanto.

—Comprendido, señor Del Valle.

—¿Me conoce?

—Sí.

—Ya le decía, Coronel, que era tonto eso de tratar de ocultarle mi nombre al señor García. Ahora, lo único que tengo que rogarle, es que lo olvide.

García preguntó:

—¿El gringo y el ruso saben quién soy?

—Naturalmente.

Del Valle fue hacia la puerta. El Coronel se adelantó a abrirla.

—Buenas noches, señor Del Valle.

—Preferiría, Coronel, que se siguiera omitiendo el uso de mi nombre. Buenas noches.

El hombre salió, la sonrisa bonachona en los labios, los ojos fríos. El Coronel cerró la puerta y se volvió a García.

—No debió decirle que lo conocía.

García se encogió de hombros.

—Quería tener su identidad oculta. Ocupa un cargo de gran responsabilidad…

—Entonces hubiera dado sus órdenes por teléfono o a través de usted, mi Coronel.

—Quería conocerlo personalmente.

—Pues ya tuvimos el gusto. ¿Algo más?

—¿Entendió bien sus instrucciones?

—Sí. Buenas noches, mi Coronel. Nomás una cosa…

—Diga.

—¿Por qué tanto misterio para encontrar al gringo y al ruso? Podría ir a su hotel o a donde estén.

—Así son las órdenes.

—Buenas noches, mi Coronel.

II

México, con cierta timidez, le llama a la calle de Dolores su barrio chino. Un barrio de una sola calle de casas viejas, con un pobre callejón ansioso de misterios. Hay algunas tiendas olorosas a Cantón y Fukien, algunos restaurantes. Pero todo sin el color, las luces y banderolas, las linternas y el ambiente que se ve en otros barrios chinos, como el de San Francisco o el de Manila. Más que un barrio chino, da el aspecto de una calle vieja donde han anclado algunos chinos, huérfanos de dragones imperiales, de recetas milenarias y de misterios.

Filiberto García se detuvo en la esquina de Dolores y Artículo 123. En la cuarta casa, la del chino Pedro Yuan, estarían jugando al póker, ese eterno póker silencioso y terrible. En los cuartos de arriba algunos chinos viejos estarían fumando opio. Ese negocio lo manejaba Chen Fong, sólo Dios sabía para quién, pero no podía dejar mucho dinero, porque los fumadores cada día eran más viejos y más pobres. Capaz y que los tienen allí de caridad, como hay monjitas que tienen a viejos y lisiados. Y una vez, cuando me tocó la comisión de ir tras de unos traficantes de opio en Sinaloa y me clavé tres latas, se las di al chino Fong. Desde entonces somos cuates. ¡Pinche chale! Bastante me han ganado al póker para mantener a todos sus fumadores de opio. Y luego, ¿para qué quiero amigos chinos? Para que el Coronel me dé encargos como éste y me salga con que se las sabe todas, hasta que les tapo sus fumaderos. ¡Pinche Coronel! Capaz y sabe hasta lo de las latas de opio. Y luego Del Valle, que no quería que lo reconociera y cada rato sale retratado en los periódicos. Pero él ha de decir que un pistolero no lee los periódicos. Como si todo México no supiera que es uno de los que tenían su corazoncito puesto en ser presidente, pero que no se le hizo. Es posible que también quieran que me haga maje y no sepa ni quién es el presidente, ni quién es el presidente de los gringos. ¡Pinches misterios! Y luego me salen con la Mongolia Exterior y con Hong Kong y los rusos. Capaz y el chino Fong con esa cara de maje es el agente de Mao Tse Tung. Con estos chales nunca sabe uno. El Licenciado dice que los chales son mis meros cuates y tal vez sea cierto. Son buenos cuates. Cuando estaba enfermo con el paludismo, me fueron a ver y me llevaron unas frutas y unos remedios chinos. Y los paisanos ni se enteraron, ni fueron. Mis cuates los chales. ¡Pinches chales! Y la muchacha esa medio china que despacha en la tienda de Liu está rebuena y como que me da entrada. "¿Me recibe una carta, preciosura?" "Sólo que me la escriba en chino." Capaz y que resulta ser hija del chino Liu, pero a estos chales eso no les importa. Son como los gringos. Aquel cherife gringo de Salinas, cuando el lío de los braceros. Bien que me estaba viendo cuando le metía mano a su mujer y él sólo se reía y pedía copas. ¡Pinches gringos!

Un chino viejo se detuvo frente a él:

—Buenas noches, señol Galcía.

—Buenas, Santiago.

—¿No viene hoy?

—Más tarde.

—Está viendo a la tienda del señol Liu, ¿eh?

La risa del chino era blanda, espesa.

—Mu bonita Maltita, mu bonita.

—No seas mal pensado, chino Santiago.

El chino Santiago siguió su camino muerto de risa. ¡Pinches chinos!, siempre están muertos de risa. Y caminan como si no caminaran, como que nada más se fueran resbalando. Y así se andan resbalando por todos lados, desde la Mongolia Exterior hasta la calle de Dolores.

Encendió un cigarro y caminó hasta la tienda del chino Liu. Martita se estaba preparando para cerrar y Liu ponía las maderas en el aparador.

—Pase, señol Galcía, pase.

Entró en la tienda. Martita le sonrió discretamente.

—¿No quiere una lechía, don Filiberto?

—Ayer me decía nada más Filiberto, preciosura.

—Pero eso es faltarle al respeto.

Los ojos de García brillaban en la penumbra de la tienda.

—¿No quiere cenar conmigo, Martita?

—No puedo.

—Vamos nada más aquí enfrente. Y así me dice qué hay que comer, porque yo no le entiendo a esa comida china.

—El señor Liu cena allí todas las noches. Y él sabe más que yo de la comida… Filiberto.

García sonrió. Su sonrisa era fría, como si no estuviera acostumbrado a ella, como si no la hubiera ensayado mucho.

—¿Cuántos años tiene, Martita?

—Veinte.

—¿Y tiene compromiso?

—No.

—¿Y vive sola?

—En un cuarto, aquí arriba. El señor Liu me permite vivir en ese cuarto.

—¿No tiene familia?

—No.

Marta se notaba nerviosa, como si quisiera cortar la conversación.

—¿De veras? ¿No quiere ir a cenar?

—Me da pena.

—Porque no quiere que la vean con un viejo.

—Usted no es viejo, Filiberto. Pero ya es muy tarde, ya van a dar las nueve.

—Podemos ir al cine.

—Otro día… Filiberto.

—Para mí que tiene su novio, Martita.

—¡Ah qué don Filiberto! ¿Quién quiere que se fije en mí?

—Yo, preciosura, yo, que cuando veo a una mujer bonita…

—No me diga esas cosas, que me pongo colorada.

Un hombre había entrado en la tienda y Martita fue a atenderlo. Este cuate parece extranjero, pero no parece gringo. Está muy chiquito para ser gringo. Para mí que es de Europa, tirando a polaco. Y ya lo vi antes, cuando estaba parado, como haciéndose el maje en la puerta de la cantina. Para mí que me anda siguiendo. A poco ya empiezan a malhorear tan pronto. Serán los cuates de la Mongolia Exterior. ¡Pinche Mongolia Exterior! Conque muy aguzaditos. Yo tengo un cuate que es de la Mongolia Exterior. Usted no tiene ni madre. Al changuito este hay que ficharlo, no se vaya a estar apareciendo luego por todos lados, como el ánima de Sayula. ¡Pinches ánimas benditas! Y esta Martita está rebuena, pero me late que no se me va a hacer con ella. Y nunca se me ha hecho con una china. Está muy chamacona. Capaz y si le hablo por lo derecho a uno de estos chales, me la consigue. Como aquella que se me andaba haciendo la muy apretada, Carolina, la de la calle del Doctor Vértiz. Ni me quería sonreír la canija. Hasta que le hablé por lo derecho a la dueña del estanquillo y a los dos días ya me la había conseguido. Hasta mi casa la fue a llevar. Y todo por doscientos del águila y por los favores que le pudiera hacer con la policía. ¡Pinche Carolina! Creo que se traían su negocio muy organizado para que cayeran los majes como yo. Y capaz y Martita también es negocio de estos chales y para que me siga haciendo el zonzo con lo del opio, me la llevan a la casa. Bien vale sus doscientos pesos y nunca se me ha hecho con una china. ¿Y ese polaco, qué tanto habla con ella?

En ese momento Martita le daba al cliente un paquete y le cobraba. Luego volvió, por atrás del mostrador, hasta donde estaba García. Ya Liu había puesto todas las maderas y estaba listo para cerrar.

—Perdone, don Filiberto.

—¿Es un cliente conocido, Martita?

—No. Es la primera vez que viene.

García fue a la puerta de la tienda y se asomó a la calle. El polaco estaba entrando al restaurante de enfrente. García se volvió al señor Liu:

—¿No quiere cenar conmigo? Esta noche tengo ganas de comida de chales.

—¡Ah, qué señol Galcía! Mu honlado, mu honlado de il con tan honolable señol.

—Pues vamos. ¡Hasta la vista, Martita!

El polaco estaba sentado en el restaurante, junto a la ventana. García y Liu se sentaron en una mesa cerca. El polaco, después de ver detenidamente el menú que estaba en chino y en español, señaló con el dedo un platillo. El mesero le preguntó:

—¿Con hongos?

—¿Qué? ¡Ah, sí! Con hongos.

—Quelá un plato de sopa, señol Galcía —preguntó Liu.

—Lo que usted diga, Liu. Usted es el que sabe.

Los ojos verdes de García estaban clavados en el polaco que veía distraídamente la calle.

—¿Vienen muchos turistas aquí, Liu?

—No. Éste es lugal pala chinos… y pala algunos mexicanos. Es lalo vel a un extranjelo, mu lalo.

Quedaron en silencio. La ventaja de esos cuates chinos es que no hay que hablarles. Calladitos parecen estar contentos. Tomaron sopa de nido de golondrinas y costillas de cerdo con salsa amoy. El polaco acabó su platillo, pagó y salió.

—Parece que no le gustó la comida china.

Liu rio.

—Cleo que el honolable extranjelo no está acostumblado a la poble comida de los chinos.

—¿Ha habido otros extranjeros por aquí en los últimos días?

—¿Pol qué plegunta?

—Curiosidad. Viene a México tanto turista…

—Los tulistas cuando quieren comida china van a la Casa Hans, en la Avenida Juárez. Aquí sólo gente poble… sólo nosotlos.

—Es muy buena la comida.

—Un honol, un glan honol pala poble comida china.

García quedó en silencio. ¡Pinches chales! Pero Martita está muy buena. Y el polaco parece que es nuevo en la calle de Dolores y no sabe nada de cosas chinas. Pero los tres del rumor de la Mongolia Exterior vienen de

30

China y han de saber algo de por allá. ¡Pinche Mongolia Exterior!

El restaurante estaba ya casi vacío. García se inclinó sobre la mesa para hablarle a Liu en voz baja:

—¿Ustedes son de la China comunista o de la otra?

—Yo soy de Cantón.

—No se haga el maje, Liu. ¿Su presidente es Mao Tse Tung o el otro?

—El genelal Chiang Kai Shek.

García rio en forma un poco forzada.

—Nunca les entiende uno a ustedes los chinos.

—¡Oh! Lengua china mu difícil, mu difícil. Hay muchos calateles que aplendé, señol Galcía... Mu difícil.

—¿Hay por aquí algunos paisanos suyos que son del partido de Mao Tse Tung?

—Chinos aquí gente de mucha paz, de mucha paz. Gente mu contenta con vivil en México.

—¿Y si gana Mao?

—Gente china aquí mu contenta. Mucha paz...

¡Pinches chales! Nunca se les saca nada en concreto. Y también pinche Coronel y pinche señor don Rosendo del Valle. Martita se habrá quedado medio desorientada cuando me despedí a la carrera de ella. Pero tal vez eso sea bueno. A las mujeres hay que traerlas escamadas, que no agarren confianza. ¡Pinche polaco! ¿Para qué me quiere andar siguiendo? ¿Y cómo saben que ando investigando esta pendejada de la Mongolia Exterior? Aquí hay gato encerrado y yo no le entiendo mucho a estas cosas internacionales. Y me escogieron para esto. Aquí hay gato encerrado. ¡Pinche Coronel!

Liu se había quedado meditabundo. De pronto sonrió:

—¿Va a casa del honolable señor Yuan?

—Un rato. Mañana hay trabajo.

—E mu peligloso el señol Galcía jugando pokalito…
mu peligloso.

Liu rio con una gran inocencia.

—Las últimas jugadas me van costando ya muchos
centavos, Liu.

—E sólo juego entle amigos.

—Sí. Entre amigos.

—Yo no puedo il esta noche… Mucho tlabajo…

García pidió la cuenta, pero ya Liu le había hecho
seña al mozo de que él pagaría. García quiso protestar.
Liu le puso la mano sobre el brazo:

—Nosotlos los chinos lo quelemos, señol Galcía, pol-
que usté é como nosotlos, que no oye, no ve y no habla.
Ésas son las tles viltudes que aplenden los niños chinos…
Mu buenas viltudes.

Salieron y cruzaron la calle. Liu se despidió en la
puerta de su tienda.

El juego en la casa de Pedro Yuan estaba desanima-
do. Tan sólo él, el chino Santiago y Chen Fo. García no
quiso comprar fichas. Desde el cuarto de arriba se per-
meaba el olor dulzón del opio. García abrió una ventana
y llevó a Yuan hacia ella. Los otros se quedaron en la
mesa, con las barajas inútiles en las manos.

—Necesito una poca de información, amigo Yuan.

—Mu honlado.

—Esto es cosa seria, Yuan. Creo que les he probado
que soy su amigo y que nunca me meto en las cosas que
no me importan…

Yuan afirmó con la cabeza. Se empezó a notar la
preocupación en su cara.

—Anda corriendo un rumor por allí que es necesario
aclarar, antes de que la policía intervenga en serio y averigüe otras cosas que no tiene por qué saber.

—Siemple hay lumoles malos.

—Por eso es mejor que yo sea el que intervenga en este asunto, Yuan, y averigüe lo que hay de verdad en este rumor.

—Usté e nuestlo amigo.

—Dicen que hay entre ustedes algunos agentes de China comunista. ¿Qué hay de cierto en eso?

Yuan quedó un rato en silencio. Sus pequeños ojos oscuros estaban llenos de tristeza. Cuando habló, su voz era tan baja que García tuvo que inclinarse para oírlo.

—Nosotlos somos lefugiados en tiela estlaña. Nuestlos honolables padles y abuelos se quedalon entelados en Cantón, donde suflielon mucho en su vida. Siemple ela un señol de la guela y otlo señol de la guela, que es mala cosa. Y luego los demonios blancos… Y siemple el hamble, señol Galcía, siemple el hamble. Y ya élamos todos como animales y no como hombles que saben leilse y cantal canciones. Usté no sabe de esas cosas mu telibles, mu odiosas… Y ela siemple un genelal y otlo genelal; y un paltido y otlo paltido, pelo pala nosotlos ela siemple lo mismo, todo mu telible. Y hola dice usté que un lumol de esas cosas mu telibles nos va a seguil hasta acá.

—¿Hay entre ustedes agentes comunistas?

—Nadie conoce el pensamiento que anida en el colazón del homble, señol Galcía.

—Así es —dijo García.

Pedro Yuan trataba de controlarse, pero el miedo le invadía la cara.

—¿Qué van a hacel si encuentlan a un agente comunista entle nosotlos? ¿A un agente del señol Mao?

—¿Hay alguno?

—Yo no sé nada, señol Galcía. Yo no soy político. ¿Qué van a hacelnos?

Había una honda angustia en la voz del chino. ¡Pinche chale! Tiene más miedo que una gallina. Si éstos son sus agentes, los comunistas están fregados.

—No les harán nada, Yuan.

—¿Usté clee?

—Pero tienen que decirme la verdad. México los ha recibido, los ha acogido y aquí han encontrado la paz que buscaban.

—Eso e mu cielto... mu cielto.

—Por eso deben corresponder. México no quiere agitaciones ni movimientos de ésos. Y creo que ustedes tampoco.

—No, no quelemos... Nosotlos quelemos paz, señol Galcía, mucha paz.

—¿Tiene algo que decirme entonces?

En la mesa, el chino Santiago barajaba las cartas distraídamente. Chen Po lo contemplaba en silencio, pero García estaba seguro de que los dos vigilaban, trataban de oír las palabras y de ver todos los gestos que les pudieran revelar algo. Yuan se acercó más a García:

—Hay un café en la calle de Donceles, el Café Cantón —dijo casi en secreto.

—¿Y?

—No sé, no sé nada cielto... sólo lumoles, siemple lumoles...

—¿Qué rumores?

—Hay gente que ha llegado... alguna gente china y de otlos países...

—¿De Hong Kong?

—No sé, pero hay lumoles y se dice que hay mucho dinelo allí... y antes no había dinelo.

—Gracias, Yuan.

—¿Qué van a hacel con nosotlos?

—Nada.

34

—¿No quiele una copita?

—No, gracias. Buenas noches a todos.

Había una honda, milenaria angustia en los ojos de los chinos que lo vieron salir. Debí decirles que no se apuraran, que no tuvieran miedo. No van a dormir esta noche. ¡Que se frieguen! ¡Pinches chales! Conque cosas "mu telibles". ¿Qué cosas tan terribles pueden haber visto que yo no haya visto? Lo que quisiera es verle las piernas a Martita. Habrá que comprarle un vestido bonito. Eso le gusta siempre a las viejas. ¡Pinches viejas! Mucho andar tras de ellas para un ratito y luego aburren. ¡Pinche Martita!, siempre con el mismo vestido. Habrá que llevarla al cine Alameda y luego a cenar unos tacos, para que me vaya agarrando confianza. Pero nunca se me ha hecho con una china. Puede que sea mejor hablarle por lo derecho al chino Liu. A ellos no les importa. Y luego me tienen miedo y les gusta la lana. Y el pinche polaco. Tal vez debí seguirlo, pero es mejor no empezar espantando. Y quién quita y él sea el que me está siguiendo. Si es así ya nos veremos muy pronto. ¡Pinche polaco!

Una voz femenina lo llamó desde el fondo oscuro de una puerta.

—Filiberto, don Filiberto…

García se detuvo en la sombra, donde no le diera la luz del farol de la calle. Instintivamente puso la mano sobre la culata de la pistola. Martita apareció en la zona iluminada. Llevaba un pequeño chal de estambre sobre la cabeza. García se adelantó:

—Dígame, Martita.

Ningún movimiento de la cara delató la sorpresa, si es que sintió alguna. Marta llegó hasta él y empezó a llorar. No emitía ningún sonido, pero los sollozos le hacían temblar los hombros bajo el chal. García le puso una mano en el brazo:

—¿Qué le pasa, Martita?

—Quería… quería hablar con usted. Por favor… tengo que hablarle…

—Cuando quiera, Martita. Yo también siempre quiero hablarle, pero usted como que se hace la desentendida…

—Por favor, esto es serio, Filiberto.

—No conviene hablar aquí, niña. Mucha gente la conoce y a mí también. ¿Qué dice si vamos a… a mi…?

—Donde usted quiera, por favor…

Al decir esto, le tocó la mano que tenía sobre el brazo. Estaba helada.

—Tiene frío, Martita. Vamos a donde pueda tomar un café caliente. Venga, tomaremos un coche…

En la esquina pararon un taxi. Martita subió primero. García se detuvo un momento, como si tuviera dificultades con la portezuela. Unos diez metros adelante, un coche que estaba estacionado arrancó. Puede ser casualidad, pero ese coche como que me estaba esperando. ¡Pinche polaco!

—Vamos a la calle de Donceles —le dijo al chofer—. Al Café Cantón.

Martita no dijo nada. Trataba de envolverse totalmente en su chal, como si debajo de él estuviera desnuda. García le tomó una mano con mucho cuidado, como para no espantarla. Ella no quitó la mano.

—Cálmese, Martita.

La muchacha dejó de llorar. Su mano estaba fría y cubierta de sudor.

—Tengo que hablarle…

—Luego, Martita.

García se había sentado muy cerca de la muchacha. Sentía su cuerpo joven y duro y la pierna que temblaba junto a la suya. Debería abrazarla, pero es mejor no, todavía no. Con estas changuitas no se puede ir aprisa y las cosas van resultando. Éstas son como yeguas cimarronas y hay que irlas amansando poco a poco, con palabras y con cariños, como quien no quiere la cosa. ¡Pinches yeguas cimarronas! Y luego el coche ese. Me pareció que era un Ford, con las luces bajas, y empezó a seguirnos. Pero como que ya no se ve. Capaz y era casualidad. ¡Pinche casualidad! Aquí hay gato encerrado, pero se le está quedando toda la cola de fuera. Y esta Martita que está tan buena, capaz que es parte del gato encerrado. Ya son muchas coincidencias. Capaz que les dijo: "Yo les pongo al viejo donde lo quieran, para que le den su agüita. Si anda rete empelotado conmigo. Yo se los llevo a donde digan". Capaz y que hasta la Mongolia Exterior. ¡Pinche Mongolia Exterior! Así se lo hizo aquella vieja a mi general Marchena. Dialtiro se la andaba buscando con tanta porquería que traía entre manos. Y yo de su gato. Que límpiame los zapatos; que sacude el uniforme; que tráeme una vieja; que anda mucho a la chingada; y yo le llevé a la vieja y la vieja lo puso donde lo querían. ¡Pinche vieja! Y capaz que me están haciendo lo mismo. Pero Martita está mucho más buena que aquélla.

—Aquí es, jefe.

—Venga, Martita.

Antes de entrar al café revisó la calle. No estaba el Ford. Entraron y se sentaron en un apartado.

—Tómese una taza de té, Martita. Eso le hará bien.

—Gracias, Filiberto.

García se había sentado frente a la muchacha, de frente a la puerta de entrada, como lo acostumbraba. Debí sentarme junto a ella. Me estoy poniendo maje, dialtiro maje. Aquí en el rinconcito debería tenerla, de mucho consuelo y toda la cosa.

Eran las once de la noche y aún había bastante gente en el café. Pidió para ella té y una cerveza para él. La mesera lo vio con malos ojos. Un hombre apareció en la puerta y se sentó en una mesa, cerca del aparador que daba a la calle. También tiene facha de extranjero, medio de gringo. O ya estoy viendo moros con tranchete por todos lados. ¡Qué me habrán dado a tomar que puro extranjero veo!

—Salud, Martita.

Marta sonrió sobre el brocal de la taza de té. Aún tenía lágrimas en los ojos. García saco de la bolsa su pañuelo de seda negra, se inclinó sobre la mesa y le limpió las lágrimas.

—Con tan bonitos ojos, no debe llorar, preciosura.

—Gracias.

Martita tomó el pañuelo y se acabó de secar las lágrimas ella misma. Luego se sonó. Tiene una naricita china que está como manguito. Pero ahora hay dos changuitos en la mesa aquella. No vi cuando entró el otro. Más bien creo que no ha entrado, que ya estaba aquí en el café. ¡Pinches lagrimitas! Pero así se van a creer, si tienen su movida, que no me he dado cuenta de nada. Y como que me están viendo. ¿Será por Martita o será otra cosa?

—Tome más té, Martita. Eso le hace bien.

Le tomó una de las manos que tenía puesta sobre la mesa. Ella no la retiró. Tiene una pielecita a toda madre, como de prisco de mi tierra. Y esos dos cuates hacen muchos esfuerzos para no verme, pero no se pierden un detalle.

—Don Filiberto…

—Filiberto nada más, Martita.

—Yo sé que usted… que usted es de la policía… Lo han dicho allí en la tienda… No, por favor, no me diga nada. También dicen que no le tiene miedo a nada y que… que ha matado a muchos hombres.

—¿Eso dicen, Martita?

—Pero yo sé que usted es bueno, Filiberto. Si ha matado a otros es por… porque era su deber matarlos, porque es de la policía y hay gente muy mala…

—¿Por qué me dice eso, Martita?

Los ojos de García se habían vuelto duros. Retiró su mano de sobre la de ella. ¿A poco esta Martita quiere que mate yo a alguien? Por menos de lo que es ella lo he hecho.

—Yo sé que usted es bueno —repitió la muchacha— y por eso sé que no me va a hacer nada.

—¿Por qué he de hacerle algo, Martita?

—Porque… porque usted es de la policía y seguramente ya sabe…

—¿Qué, Martita?

—Lo mío. Por eso ha estado yendo a la tienda y me ha estado hablando. Yo sabía que no era por mí. Un hombre como usted no se va a fijar en una muchacha como yo, Filiberto.

Ahora ella puso su mano sobre la de él. Jíjole, esto se va complicando. ¿Qué se trae esta niña? ¿A poco anda metida en lo de Mongolia Exterior? Pero no la hubieran dejado que anduviera conmigo. Ésta se trae otra cosa. Y sobre todo, está rebuena. Y como que empieza a dar entrada. Estuvo bueno no hablarle por lo derecho al chino Liu.

—Cuando usted empezó a frecuentar la tienda, pensé en irme, en huir, pero no tenía dónde. Y luego empezó a hablarme y me dijo cosas que me hacían reír, cosas buenas, y entonces pensé que no podía ser malo como dicen. Porque yo he conocido gente que era mala de verdad, allá…

—¿Allá?

—Sí, allá. Era muy niña. Lo engañé, Filiberto, cuando le dije que tenía veinte años. Tengo veinticinco…

—No los parece, Martita.

—Siempre me he visto más joven. Y luego mataron a mi padre. Casi no me acuerdo de él. Lo mataron los japoneses en un bombardeo. Y mis dos hermanos se fueron con un ejército, a una de esas guerras que siempre tienen allí. Y mi mamá se murió de hambre y me recogieron unas monjitas en Cantón. Mi mamá era peruana, señor García. Y allí en el convento murió una muchacha hija de una mexicana, nacida en México. Su padre que era chino se la había llevado y nadie sabía de él. Y la pobre se murió del hambre que había pasado…

—¿Cuándo era eso, Martita?

—Hará unos diez años. Y luego las monjitas tuvieron que salir de Cantón y se fueron a Macao y me llevaron con ellas y me dieron el pasaporte de la muchacha mexicana… Ésa es la verdad don Filiberto. Yo sé que está mal hecho… pero es lo único malo que he hecho en la vida y había tanto refugiado en Macao y en Hong Kong… y tanta hambre y tanto miedo…

Empezó a llorar nuevamente y se cubrió la cara con el pañuelo de seda negra. Los dos cuates siguen en su mesa, como muy puestos. Y Martita está ilegalmente en México. Si no viene conmigo, Martita, la voy a tener que llevar detenida. Así se puede hacer la cosa.

Marta se quitó el pañuelo de la cara:

—La madre que me dio el pasaporte era mexicana y… y así he pasado ocho años en paz en México… Y yo creo que no le he hecho daño a nadie… Sólo el señor Liu sabe la verdad.

—Y ahora me lo ha dicho a mí, Martita.

—Sí, se lo he dicho. Porque sé que usted no es malo. Por eso he preferido decirle la verdad…

—Tome su té, Martita. ¿O quiere algo de cenar?

—No, gracias.

—Unos bizcochos o unos bisquetes…

—Bueno, gracias.

García pidió el pan y otra cerveza. La mesera lo seguía viendo con cierta burla. Esta changa cree que me estoy levantando a la niña y es la puritita verdad. Y los dos cuates siguen allí. ¡Al diablo con ellos! Esta noche se la dedico a Martita y mañana veremos qué lío se traen con la Mongolia Exterior. ¡Pinche Mongolia Exterior!

—Según entiendo, Cantón está en China comunista, Martita.

—Sí.

—¿Y nació allá?

—No. En Liuchow. Queda cerca.

—¿También en China comunista?

—Sí.

Hubo un silencio. Martita comía su pan. Hay que ponerle la cosa grave y entre susto y susto como que ya la tengo en la cama y muy agradecida. Y luego se las podría pasar a los cuates de Gobernación y cumplir con la Ley. ¡Pinche Ley! Si todas las chinas están como Martita, que vengan todas. Ya me están cayendo gordos esos cuates.

—Yo no creo que usted haya matado a esos hombres, Filiberto. No sería tan bueno conmigo.

—¿Conoce a los dueños de este café, Martita?

—¿Al señor Wang? Compra algunas cosas chinas en la tienda del señor Liu, pero no son amigos. No se visitan.

—¿Cuál es Wang?

—Ese señor viejo, el que está en la caja. ¿Qué va a hacer conmigo, Filiberto?

—¿Y los otros chinos que están tras del mostrador?

—Creo que son sus hijos. ¿Qué va a hacer conmigo?

García se volvió a verla. Marta tenía la cara levantada hacia él y había una honda angustia en sus ojos. Ahora es cuando se la pongo difícil con la Ley. ¡Pinche Ley!

—Yo no soy de la policía de extranjeros, Martita. No tengo nada que ver con eso. Como tampoco soy de la policía de narcóticos y tampoco me meto con sus paisanos cuando fuman opio.

—Entonces… ¿No sospechaba de mí?

—No. Espere un momento, Martita…

Recogió el pañuelo húmedo y se lo echó a la bolsa del pantalón. Se puso de pie y fue hacia la caja:

—¿Tiene teléfono?

—Sí, allí está.

El señor Wang ya era viejo, probablemente muy viejo, pero parecía nervioso. Rápidamente vio a los dos hombres que estaban en la mesa junto a la puerta.

—¿Me cambia un billete de diez pesos?

El señor Wang cambió el billete en silencio. El café se empezaba a vaciar y las meseras llegaban con las cuentas. El señor Wang se equivocó dos veces en las sumas. García, sin moverse, lo veía fijamente, una sonrisa en los labios, los ojos duros. Luego fue hacia el teléfono. Uno de los hombres de la mesa se acercó a la caja, como si fuera a pagar su cuenta. García empezaba a marcar un número, cuando Marta se puso de pie y corrió hacia la puerta.

—¡Pinche china!

Salió corriendo tras de ella y la alcanzó en la puerta. Todos los que estaban en el café los miraban. Los dos hombres habían salido.

—¿A dónde va, Martita?

La mesera se acercó con la cuenta en la mano. García le dio un billete de veinte pesos.

—Quédese con el cambio.

Tomó a Marta del brazo y empezaron a andar por la calle. Marta llevaba la cabeza baja:

—Creí que iba a llamar a la policía.

—Yo soy la policía y no me gusta que las muchachas salgan corriendo cuando no hemos acabado de cenar.

—Perdóneme, señor García y, por favor, olvide lo que le he dicho. Ahora me doy cuenta de que usted no puede violar la ley por ayudarme... Pero yo no quiero volver allá... no quiero... Prefiero morirme a volver allá...

Caminaron unos pasos en silencio.

—¿Qué va a hacer conmigo? ¿Me va a entregar?

—Vamos caminando, Martita. La noche está agradable. Y no tenga miedo.

Un Pontiac negro arrancó tras de ellos y empezó a rodar lentamente con las luces bajas. Esos changuitos me andan siguiendo. Serán muy de la Mongolia Exterior pero son puros majes. No hace ni tres horas que ando en el asunto y ya les caí en la movida. Y Martita será parte de la movida. Con muchas lagrimitas y yo haciéndole al papá consolador. Y tal vez no sean tan majes y quieran que me dé cuenta de que me andan siguiendo. Pero, ¿para qué? ¿Y a qué tanto cuento de Martita? Con decir que se quiere ir conmigo, no tiene que hacerme tanta novela. ¡Pinches chales! A ver si de ésta no me saco un balazo antes de que se me haga con Martita. Y nunca se me ha hecho con una china.

—¿Tiene el pasaporte, Martita?

—Sí. Aquí está.

Lo llevaba en la bolsa de mano. Un viejo pasaporte de México. El Pontiac seguía tras de ellos. Ahora me suenan por la espalda esos cuates, no más de pasadita, como quien no quiere la cosa. Se murió por puritito pendejo. Algún día me había de tocar, que tanto va el cántaro al agua, que por fin se quiebra. Pero no han de querer pegarle también a Martita. ¡Pinches polacos!

—¿A dónde vamos, Filiberto?

—A mi casa. Hay que ver el pasaporte y hablar por teléfono.

Marta no dijo nada. Siguió caminando con la cabeza inclinada. García la tomó del brazo. En su contacto le temblaba la mano. Será por el miedo a los cuates del Pontiac o por las ganas que le tengo a Martita. Nunca se me ha hecho con una china y a ésta le tengo ganas hace ya tiempo. Pero debió protestar cuando le dije que íbamos a la casa. O tal vez le dijeron que me llevara allá. No más nos lo acomodas donde le sonemos a gusto. Y tan buena que está. Y esos cuates atrás. Me están dando como cosquillas en la espalda. Si me suenan ahora, no se me hace con Martita, Y luego, en estas cosas, a mí nunca me ha gustado hacerle al muerto.

En la esquina de Allende, donde el tráfico era contrario al automóvil, dio vuelta y empujó a Marta contra la pared. El Pontiac pareció dudar y luego se pasó, acelerando. Dentro iba un hombre solo. García detuvo un taxi y le dio la dirección de su casa. Marta subió en silencio. La historia de la chinita puede que sea verdad, pero hay que ver bien el pasaporte y verla bien a ella. Tengo una botella de coñac en la casa. Eso siempre las ablanda. Y bien pensado, esos cuates no tienen para qué andarme siguiendo. ¿Les habrá dado el pitazo el polaco? Esto es mucho complot internacional. Ahora sí que ascendí al Departamento de Intrigas Internacionales. ¡Muy salsa! Luego me van a decir que vaya a matar a un changuito a Constantinopla. De a mucha bailarina con el ombligo de fuera y toda la cosa. De a danza de los siete velos. ¿Y cómo se matará en Constantinopla? Para mí que en cualquier país los muertos son iguales. Como las viejas. Todas son iguales. Pero nunca se me ha hecho con una china y yo creo que esta noche se me hace, con Mongolia Exterior o sin ella. ¡Pinche china!

Un poco antes de llegar a la casa, le ordenó al chofer que parara. Al bajarse del coche, pagó lo que marcaba el taxímetro y vio a los dos lados de la calle. Estaba vacía.

—Vamos, Martita.

Marta bajó del coche. Alzó la cabeza para ver las casas y el cielo. García la llevó hasta la puerta del edificio, la abrió y entraron. El hall estaba oscuro.

—Se ha de haber fundido el foco. Por aquí, Martita.

La tomó con fuerza del brazo. Esto de la luz fundida no me acaba de gustar. Y tampoco me gustó lo que vi desde la calle, que una de mis ventanas estaba abierta, la de la sala. Aquí andan con movida.

Subieron por la escalera. Era un solo piso. Se detuvo frente a su puerta. Apartamento cuatro. También allí estaba oscuro. Metió la llave en la cerradura y la hizo girar lentamente. Con la mano izquierda sacó la pistola de la funda. Cuando sintió que había corrido el pestillo, empujó la puerta con fuerza y se dejó caer dentro del cuarto. La cachiporra lo golpeó en el hombro izquierdo y lo hizo soltar la pistola. Quedó en el suelo, de lado. El hombre de la cachiporra se le acercó. Marta estaba en la puerta, inmóvil, y el hombre no la había visto. O tal vez estaban de acuerdo. El hombre levantó la cachiporra y se inclinó para dar el golpe. García apenas si podía verlo en silueta, contra la claridad de la ventana. Cuando lo tuvo cerca, agarró una pierna y tiró de ella. El hombre soltó la cachiporra y le cayó encima. No era malo para pelear. La cachiporra rodó hasta la puerta. El hombre se le montó encima, buscando la garganta con las manos abiertas. Ya las tenía colocadas cuando García le clavó el cuchillo en el estómago. El hombre dio un quejido, sin soltar la garganta. En ese momento Martita le golpeó la cabeza con la cachiporra que había recogido del suelo. García volvió a clavar el cuchillo y el hombre rodó y quedó tirado boca abajo, en la alfombra. García se puso de pie, recogió la cachiporra que tenía Marta en las manos, cerró la puerta y encendió la luz. Era el polaco. García se inclinó sobre él y lo tocó. Estaba muerto. Martita se había quedado inmóvil, los ojos desencajados.

—¿Está… está muerto?

—Sí.

—Lo maté yo…

García alzó los ojos para verla. Había una angustia indescriptible en la cara.

—Lo maté…

García la seguía viendo. Los labios le temblaban. Parecía como si fuera a vomitar.

—Lo maté…

—¿Sabe quién es? Mírelo, mírele la cara, Martita.

—No puedo…

—¡Mírele la cara!

Marta se acercó un paso y forzó los ojos hacia la cara del cadáver.

—Es… es el hombre que estuvo en la tienda esta noche… Cuando estaba usted allí y… y me preguntó quién era usted y si iba con frecuencia…

García dejó caer la cabeza del cadáver.

—¿Cómo se llama?

—No sé.

—¿No lo había visto antes de ahora?

—No.

—¿Está segura?

—Sí… y lo maté.

García se enderezó. Parece que está diciendo la verdad. ¡Pinche polaco! Por poco y me rompe el hombro. Y ahora Martita cree que ella lo mató con la cachiporra. Con eso la tengo más segura, ¡ora sí que la tengo asegurada!

—Yo lo maté… Es horrible, pero… pero él quería matarlo a usted, Filiberto.

García se le acercó.

—No, Martita. Yo lo maté con el puñal. Si lo volteo, puede verlo, se le quedó dentro… Y gracias por la ayudada.

Marta fue al sillón y se dejó caer en él. La sangre empezaba a manchar la alfombra. García no le quitaba la vista de encima a la muchacha. Los ojos le brillaban.

—Gracias, Martita. Lo maté porque me quiso madrugar.

—Está todo lleno de sangre, Filiberto.

—Es de él.

Tenía una mancha grande de sangre en el saco y en el frente de la camisa. Se sentó en un sillón, cerca de Marta.

—Como ve no la engañaron, Martita, cuando le dijeron que yo sé matar. No la engañaron…

—Él quería matarlo. Le pegó con eso y luego quería estrangularlo. Yo lo vi todo, Filiberto, y lo puedo decir… Se lo puedo decir a la policía si usted quiere. Yo vi que él lo atacó…

Las palabras de Marta salían rápidas, casi cortadas, como sollozos.

—Así es, Martita. Pero ésta es la primera vez que sale conmigo y ya tenemos un muerto…

Se puso de pie y fue a la recámara, sacó una sábana y volvió con ella. Cubrió el cadáver. Marta seguía inmóvil en el sillón.

—Mejor vaya al otro cuarto, Martita.

—No es el primer hombre muerto que veo.

La voz de Marta temblaba. Está haciendo un esfuerzo para no vomitarse. Así pasa siempre las primeras veces. Y de que empiezan a vomitar, ya no paran, como si estuvieran borrachas. Mejor no le doy coñac.

Marta se puso de pie. El chal había quedado en el sofá.

—¿Qué va a hacer con él, Filiberto? Yo vi todo y sé que no tiene usted culpa. Si no lo mata, él lo mata…

—No es el primero que mato, Martita.

—¿Qué va a hacer?

García se acercó a ella. Para hacerlo tuvo que saltar sobre el cadáver. Marta alzó la cara para verlo a los ojos. García extendió las manos y la tomó de los hombros. Le temblaban las manos. Marta se acercó, sin quitarle la vista de los ojos.

—¿Qué vamos a hacer con él, Filiberto?

Poco a poco fue acercando la cara a la de ella. Marta le seguía viendo fijamente los ojos. ¡Está rebuena! Y me tiemblan las manos como a chamaco baboso.

La besó levemente en la mejilla.

—Vaya al otro cuarto, Martita. O vaya a la cocina, allí en esa puerta. Haga un poco de café. Hay una botella de coñac en el trastero…

—¿Quiere una copa? Yo se la traigo, Filiberto. La debe necesitar… Y si quiere café, se lo puedo hacer…

—Sí.

Marta fue a la cocina. Ora sí que me pasé de maje. ¿Quién iba a decir que se iba a poner medio cachonda con el muerto? Y yo aquí haciéndole al muy educadito.

Recogió la pistola, le puso el seguro y la guardó en su funda. Luego descubrió el cadáver y empezó a esculcarle todas las bolsas. Unos cuantos billetes, todos en moneda mexicana. Un lápiz con su guardapuntas. Dos llaves en un llavero corriente. El traje era de El Palacio de Hierro, hecho en México. La camisa también. Hay que verle los zapatos y no es fácil quitarle los zapatos a los muertos, como que los agarran con los dedos de los pies. ¡Pinches muertos! Zapatos de Pachuca. Corrientes. Parece que este polaco va siendo paisano. Y los que lo mandaron, dialtiro se pasan de majes. O pensaban que el muerto iba a ser yo. Pero si me quería matar, trajera pistola, y no trae ni una pinche navaja. Tiene cara de norteño, pero hambreado. Capaz y sólo estaba robando, pero ya es mucha casualidad.

—¿Lo va a desnudar?

Marta estaba en la puerta de la cocina, con un frasco de Nescafé en la mano. García cubrió rápidamente el cadáver con la sábana.

—Sólo hay Nescafé, Filiberto.

—Está bien, Martita. Nada más quería saber quién es y qué hacía aquí.

—¿Lo quiere con azúcar?

—Sí, Martita.

Marta volvió a la cocina. García fue al teléfono y marcó un número. Le contestaron casi al instante.

—Habla García, señor Del Valle.

—Prefiero que no use mi nombre.

—Como usted diga.

—¿Hay algo importante?

—Empecé a investigar y creo que hay algo de fondo en el rumor.

—¿Qué ha pasado?

—Apenas inicié las investigaciones en forma muy discreta, un hombre empezó a seguirme y luego me atacó…

—¿Quería matarlo?

—No creo.

—Entonces… no entiendo para qué lo atacó.

—Yo tampoco. Pero es raro y quise informarle.

—Hizo bien. Eso parece comprobar que los rumores son ciertos. ¿No cree?

—Tal vez.

—¿Cómo que tal vez? Lo que dice del ataque que ha sufrido, confirma el rumor. ¿No está herido?

—No.

—¿Ha investigado entre los chinos?

—Sí.

—¿Su atacante era chino?

—No. Parece que era paisano.

—Está bien. Téngame informado de todo, García. Supongo que mañana verá a las personas de que hablamos.

—Sí.

—Buenas noches.

Colgaron el teléfono a un tiempo. ¡Pinche Rosendo del Valle! Como que haciéndole al mucho secreto. Y ora tengo que disponer del muerto. ¡Pinche muerto! Cadáver el de Juárez. Éste es un pinche muerto. Y hay que sacarle el cuchillo de las costillas. No se puede gastar un cuchillo para cada muerto. Más vale que Martita no lo vea. A veces los muertos aprietan los cuchillos. Como que se vuelven medio codiciosos. Y a ese cuchillo le he tomado cariño. Ya solito sabe el oficio.

Se inclinó sobre el cadáver, lo volteó boca arriba y sacó el cuchillo:

—¿Quiere que le lave el cuchillo, Filiberto?

Martita avanzaba con una taza de café en una mano y la botella de coñac en la otra.

—¿Vio lo que estaba haciendo, Martita?

—Había que hacerlo.

—Sí.

—Me asomé a la ventana de la cocina, Filiberto. El coche ese que nos seguía está estacionado enfrente. Hay un hombre dentro, fumando.

—¿Es el mismo?

—Creo que sí.

García tomó la taza de café y se sentó en el sofá. Puso la taza en la mesa baja.

—¿Le pongo coñac?

—¿Usted no toma, Martita?

—Tengo mi taza en la cocina.

—Tráigala acá, Martita, y póngale un poco de coñac, que le hará bien.

Marta fue a la cocina y regresó con su taza. García le puso un poco de coñac. Se va a sentar en el sofá, junto a mí y entonces… pero ese pinche muerto está estorbando.

Marta se sentó en uno de los sillones. Levantó los ojos para ver a García.

—¿Qué vamos a hacer?

—Usted nada, Martita. Se va a ir al otro cuarto.

Marta probó el café. Está rebuena, pero se me fue a sentar lejos. Tal vez si le digo que se siente junto a mí en el sofá, lo haga. Y luego le pongo el brazo sobre los hombros, como para consolarla, sin mala intención. Medio a lo paternal. ¡Pinche padre!

—¿En qué piensa, Filiberto?

—En nada.

—Lo mató en defensa propia. No hay nada de malo en eso.

—No, no hay nada.

—Es usted muy valiente y ahora sé que no me había equivocado. Es usted un hombre bueno y por eso lo quieren…

—¿Quiénes, Martita?

—Todos… Santiago el Chino y el señor Yuan y todos…

—¿Y usted, Martita?

—Ya no tengo miedo.

Bebieron el café con coñac. Filiberto García tomó la taza levantando el meñique, con gran primor. Como un maricón cualquiera. Haciéndole a la visita de compromiso, pero con un pinche muerto tendido en la mitad

51

de la sala. Como si fuera un velorio. Pero yo nunca voy a los velorios de mis difuntos, de mis fieles difuntos. Porque nada hay más fiel que un difunto que uno hace. Siempre se me van pegando y yo siempre me aseguro de que queden bien muertos, fieles a su muerte, y ahora aquí haciéndole al lord inglés.

—No piensa en eso, Filiberto.

—¿En qué, Martita?

—Los dos sabemos que matar es malo, pero lo ha hecho por necesidad. Ese hombre lo obligó a que lo matara. Sé que nunca ha matado a un hombre, más que cuando ha sido necesario en su trabajo…

—Sí, Martita.

—Yo vi matar a mucha gente, matarla sin razón, sólo porque podían matar impunemente. ¿No quiere otro coñac? Se lo sirvo.

—Gracias, Martita.

—¿Le caliento un poco más de café?

—No, Martita, gracias.

—Tiene el traje lleno de sangre.

—Sí.

—Se lo debería quitar y yo puedo desmancharlo.

—Más tarde, Martita.

—Las mujeres somos tontas. Yo le tenía miedo, creía que me iba a entregar para que me deportaran a Cantón. El señor Liu me dijo que si me encontraban, me deportaban seguramente. Por eso nunca salía de la tienda y me quería esconder cuando llegaba usted…

—Sí, Martita. Así pasa con el miedo.

—Y usted no podía ser malo. Me decía cosas que me hacían reír y la risa es cosa buena. ¿Verdad?

—Sí, Martita.

—¿No es casado?

—No.

—Por eso siempre anda tan solo.

Quedaron en silencio. Ora es cuando debería hacerme el sabroso. ¡Pinche muerto! Está estorbando. Pero creo que a Martita no le estorba. Como que ya se va acostumbrando. O se trae algo. Cualquier otra changuita estaría llorando, toda histérica y haciéndole al honor manchado y de a mucha virginidad. ¡Pinche virginidad! Y con ésta yo soy el que le estoy haciendo al maje. Pero también la verdad es que se complicó la cosa. A mí no me espantan con el petate del muerto, pero tampoco estoy acostumbrado a hacerle al amor con un muerto enfrente. Bueno, no siempre. A los muertos hay que respetarlos. Yo los hago y por eso los respeto. Para mí que ya se fregó esta noche. Y tan bien que iba pintando. Puede que todas las chinas sean como ésta, que se pasan la noche hablando. Pero entonces no habría tanto chino como hay. Y luego eso de que la risa es cosa buena. Yo a eso no le entiendo. Como que nunca le he hecho mucho a esa risa que dicen que es buena.

—¿Va a avisarle a la policía, Filiberto?

—¿No estarán con pendiente en su casa, Martita? Ya son casi las dos de la mañana.

—Vivo sola. ¿Qué vamos a hacer, Filiberto?

García se puso de pie y se asomó a la ventana. El Pontiac negro estaba estacionado en la calle. Era el único coche en toda esa manzana. Mientras el coche estuviera allí, ni modo de llevar a Martita a su casa. Y luego Martita no ha preguntado qué es lo que buscaba el muerto en mi apartamento. Eso es raro. Las mujeres son curiosas. Aquí hay gato encerrado.

—Filiberto, he estado pensando… No creo que fuera un ladrón cualquiera. Lo andaba siguiendo, desde la tienda del señor Liu…

—También estaba en el restaurante.

—¿Por qué lo andaba siguiendo? ¿Y quién es el hombre que está en el coche ese?

—En mi trabajo se hace uno de muchos enemigos, Martita.

—Pero dice que no lo conoce.

—No, no lo conozco. A veces tiene uno enemigos que ni conoce. Vaya al otro cuarto, Martita. Yo tengo que hacer.

—¿Va a llamar a la policía? No me importa que me encuentren aquí y yo puedo decirles…

—Pase al otro cuarto y encienda la luz. Después de un rato la apaga, pero sin cerrar las cortinas, para que vean desde la calle que ha apagado. Y no se asome a la ventana.

Marta dudó un momento, García la tomó suavemente del brazo y la llevó a la recámara. Encendió la luz y vio que las cortinas estaban abiertas.

—Voy a salir un momento. Si alguien toca la puerta, no abra y no haga ruido.

—Tiene la ropa manchada.

—No me tardo. Dentro de unos cinco minutos, apague la luz.

Salió del cuarto, apagó la luz de la sala y, en la claridad que entraba por la ventana, envolvió el cadáver con la sábana y se lo echó al hombro. Menos mal que el difunto no era muy comelón. ¡Pinche muerto! No sólo hay que hacerlos, sino cargarlos, como si fueran niños.

Bajó silenciosamente la escalera y dejó el cadáver cerca de la puerta de entrada del edificio. Probablemente ya nadie va a entrar a estas horas. Mis inquilinos son gente de costumbres moderadas. Y si entra alguien va a creer que es un bulto de ropa sucia.

Tomó un pasillo cerca de la escalera y fue al fondo del edificio, pasando un patio de luz. De allí abrió otra puerta y salió a la calle de Revillagigedo. Caminó lentamente, dándole vuelta a la manzana y volvió a la calle de Luis Moya. El coche seguía allí. Seguramente ya estará nervioso, pensando en lo que hubiera podido pasar a su amigo. Y es raro que no hayan ido a investigar o se hayan largado, al ver que no ha salido. ¿O creerán que no he llegado? Pero seguramente han visto encenderse y apagarse las luces. Esto está raro.

Se quitó el sombrero, sacó la cuarenta y cinco y la escondió dentro. Parecía un tranquilo ciudadano que regresaba tarde a su casa. El hombre del coche estaba fumando, con la ventanilla abierta. García se detuvo cerca de él.

—Perdone, me puede decir…

El hombre se asomó y la cuarenta y cinco le estrelló la cabeza. El hombre desapareció dentro del coche. García abrió la portezuela y lo empujó al otro lado del asiento. Luego abrió la puerta de la casa, tomó el cadáver y lo echó al asiento de atrás. Se puso el sombrero y guardó la pistola. Las luces de su apartamento estaban apagadas. Se subió al coche, lo echó a andar y lo fue a estacionar tres cuadras más adelante. Luego se regresó lentamente a pie.

Unidos en la vida y en la muerte, como debe ser. Hubiera sido mejor recoger la sábana, pero no tiene marcas ni hay quien pueda decir que es mía. Y luego si creen que yo los maté, para eso me tienen, para matar a los cuates. ¡Pinches cuates! Yo tanteo que estos difuntos no han de tener muchos dolientes ni van a provocar mucho escándalo. Pero si se llegan a echar al presidente de los gringos… ¡jíjole! Lo que va de muerto a muerto, de cadáver a pinche muerto. Y a mí me tienen nomás para hacer pinches muertos. Eso soy yo, fabricante en serie de pinches muertos. Y Rosendo del Valle muy moral, muy supersticioso. Y el Coronel muy cobero. Ha de pensar que Del Valle puede llegar a mandamás. A sus órdenes, mi presidente. Aquí está su fabricante de pinches muertos en serie. Y ora eso de Martita. Yo creo que me está viendo cara de maje. Y aquí tengo su pasaporte falsificado y, con eso, está agarradita. Y a que no se les ocurrió ni cambiar las huellas digitales. No más con eso los cuates de Gobernación la pueden fregar. ¡Pinche Martita!

Se detuvo bajo un farol para ver el pasaporte. Marta Fong García, nacida en 1946, en Sinaloa. Capaz y era mi pariente. Pero yo no tengo parientes en Sinaloa y el García como que se me fue quedando así nada más. Pasaporte expedido en 1954, por la embajada de México en Japón. Este pasaporte sustituye al número 52360, expedido por la Secretaría de Relaciones Exteriores el 11 de abril de 1949. Todo muy arregladito, muy en orden, pero con las huellas digitales de la difunta.

Abrió la puerta de su apartamento. La sala estaba oscura. Marta abrió la puerta de la recámara.

—¿Filiberto?

—Sí, Martita.

Encendió la luz.

—¿No quiere otro café o una copa?

—Una copa, Martita. ¿No ha venido nadie?

—No.

Marta pasó a la sala y le sirvió la copa. En la alfombra sólo quedaba la mancha oscura de la sangre.

—Gracias, Martita. ¿No se toma una?

—Me asomé a la ventana, con mucho cuidado…

—No debió hacerlo.

—Usted no le tiene miedo a nada.

En los ojos de Marta había admiración. García se tomó su copa de un trago y se sirvió otra.

—Como no tengo dónde ir, leo mucho, sobre todo novelas policiacas. Creía que todo lo que contaban eran mentiras.

García se asomó a la ventana. La calle estaba desierta.

—Voy a quemar su pasaporte, Martita.

—¿A quemarlo?

—Sí. La pueden descubrir por él. Vamos a pedir su acta de nacimiento a Sinaloa... El acta de Marta Fong García... Y ésa será usted ya para siempre.

Se regresó a la ventana, Marta estaba en la mitad del cuarto y se le acercó lentamente.

—Ya ve cómo no me equivoqué. Usted es bueno y es valiente, Filiberto.

—¿Como los héroes de sus novelas de detectives?

—Va a decir que soy tonta.

—La voy a dejar a su casa, Martita. Son casi las tres...

—No puedo. Tendría que despertar al señor Liu para que me abriera y... y no puedo. Si sabe que he estado hablando con usted, se va a poner furioso.

—¿Por qué?

—Me ha dicho que no hable con usted. No quiere que hable con nadie. Dice que lo puedo perjudicar...

—¿La pretende?

—Puedo quedarme esta noche aquí, en el sofá de la sala y mañana voy a buscar un trabajo. No es difícil encontrar trabajo y ahora que... que ya no tengo miedo, que sé que me va a ayudar... Ya no tengo por qué volver con el señor Liu.

García se le quedó viendo fijamente.

—¿Liu la pretende, Martita?

—Tiene que descansar, Filiberto. Han pasado muchas cosas y...

—Está bien, Martita. Quédese en la cama. Yo tengo que salir muy temprano. Me quedo aquí en el sofá.

—Pero…

—Ande, Martita, ya es tarde.

Marta se le acercó y lo besó levemente en la mejilla.

—Gracias.

Entró a la recámara y cerró la puerta.

Ora sí que se complicó la cosa. ¡Pinches chales! Conque el chino Liu anda de sabrosón. ¡Ah, viejo canijo ese!

Se llevó la mano a la mejilla, donde lo había besado Marta, cerca de la cicatriz. Y ora sí que le estoy haciendo al maje. Al puritito pendejo. ¿Y qué relajo es este que se traen? ¿De dónde han sabido que le estoy haciendo a la intriga internacional? Tal vez lo de Martita esté mejor así. A mi edad ya es bueno tomar las cosas con calma para gozarlas, pero nunca lo he hecho. Y cómo estaba eso de que sólo tres hombres en México saben de este asunto; y conmigo ya somos cuatro; y luego el ruso; y el gringo; y los que les dieron sus órdenes al ruso y al gringo. Y los dos cuates que están en el Pontiac, pero ésos ya no saben nada. Y los chinos del Café Cantón. Y la policía de Mongolia Exterior. Y luego, ¿por qué me dieron a mí esta investigación? ¡Pinche investigación! Todavía ni empezamos en serio y ya van dos muertos. Muertos pinches, eso sí, que todavía no llegamos a los cadáveres. Y Martita muy seria, viéndolo todo. Como si estuviera acostumbrada. Y escogió esta noche para venirse conmigo. ¿No me estará jugando de a feo? Y yo, en lugar de aprovecharme, le hago a la novela Palmolive. ¡Pinche novela! Y también haciéndole a la intriga internacional. Como si no hubiera competencia. Ando en el equipo de Hitler y de Stalin y de Truman. ¿Y usted cómo anda en su cuenta de muertos? Pues yo a lo nacional, que es como decir a la antigüita. Ya ven que somos medio subdesarrollados. A pura bala. A veces creo que es cuestión de cantidad. Entre más muertos se hacen, menos le andan saliendo a

uno en la noche. Los dos primeros como que me andaban malhoreando. La viuda del finado Casimiro se me
quedó pegada mucho tiempo. Lo mismo que el finado.
Hay muertos que se vuelven pegajosos como melcocha.
Y hay veces que hasta dan ganas de lavarse las manos. Y
ora que me besó Martita, no quisiera ni tocarme la cara.
¡Pinche Martita! Para mí que me está jugando una chin-
gadera. Como las he jugado yo tantas veces. Si no voy a
conocerlas, si parece que las inventé yo mero. Pero toda
esa gente que sabe del negocio no me gusta. Para andar
en estos asuntos, hay que andar solo. Y hasta uno solo es
demasiada gente. Que no sepa la mano izquierda lo que
hace la derecha. ¿Y para qué andar de hocicón? Los
hocicones como que viven poco. Pico de cera, que el pez
por la boca muere. Y a mí, hasta ahora, no me ha tocado
ser el muerto, como le tocó a mi compadre Zambrano
en el lío de San Luis Potosí. Se lo quebraron por puritito
hocicón. Allí en el burdel de la Alfonsa se lo quebraron.
Yo no estuve allí. Yo no lo maté. Pero yo di el pitazo de
que andaba hablando más de la cuenta y luego me quedé
amariconado en el hotel. Más valiera haber ido y haberlo
matado yo. Dicen que padeció mucho, porque le pega-
ron en la barriga y no lo querían rematar. La Alfonsa,
con todo y que era su querida, pedía que lo remataran.
Pero los cuates que hicieron ese trabajo no sabían de esas
cosas. Parece que se espantaron. Dicen que uno hasta se
orinó. Debí ir yo mismo. Era lo menos que podía hacer
por mi compadre Zambrano. Ver que tuviera una buena
muerte, como le corresponde a todo fiel cristiano. Y mi
compadre Zambrano era bueno para las viejas. No se le
iba una, por las buenas o las malas. Y allí está Martita en
la recámara y yo aquí haciéndole al Vasconcelos con puri-
titas memorias. ¡Pinche maricón! Y a la noche siguiente,
en el velorio, me eché a la Alfonsa. Olía a mujer llorada.

Y como que me tomó odio desde ese día. Capaz y supo algo. ¡Pinche Alfonsa! Estaba buena. Y ora, ¿para qué andar con las memorias? De memorias no vive nadie, sólo el que no ha hecho nada. ¡Pinches memorias! Van siendo como la cruda. Por eso los borrachos se vomitan, para no acordarse, y los que son nuevos se vomitan a su primer finado, como para echarlo fuera. Pero hay que ser borracho viejo, con su alcaseltzer dentro. Y así todo se nos va quedando y se van haciendo memorias con eso que se nos va quedando. Menos mal que no se nos queda todo. En especial de los tiempos de cuando uno es muchacho y es maje. A veces creo que ya no me acuerdo de cómo se llamaba la muchachona esa. Gabriela Cisneros. ¿Para qué acordarse del nombre de una mujer? Una mujer es como cualquier otra. Todas con agujerito. Gabriela Cisneros. Y yo de muchacho rogón y ella dando puerta. Y que nos cae don Romualdo Cisneros cuando la tenía en esa huerta en Yurécuaro. Ya casi la tenía en pelota. Y don Romualdo me hizo que me arrodillara allí en la tierra y me bajara los pantalones y me dio de planazos con el machete. Allí, frente a Gabriela Cisneros. Y yo me puse a llorar y le dije que me quería casar con ella y don Romualdo me dio una patada en la boca. Y Gabriela Cisneros hacía como si llorara, pero se estaba riendo. Y no se tapaba las piernas. Y yo allí, llorando y con las nalgas de fuera, coloradas como si tuvieran vergüenza. Y don Romualdo dijo que él no quería por yerno al hijo de la Charanda. Así le decían a mi vieja. Al viejo nunca supe cómo le decían, porque nunca supe quién era. Unos años más tarde volví a Yurécuaro. Sería por el veintinueve o treinta, pero ya Romualdo Cisneros se había pelado para la capital y Gabriela se había fugado con un teniente que la dejó preñada en Santa Lucrecia o por allá. Sí, las cosas se le van quedando a uno dentro, sobre todo como ésa, cuando la deja uno a medias. Por eso no me gusta dejar las cosas a medias. Ni la intriga internacional ni este asunto de Martita. Y también se va aprendiendo a no contar las cosas. Hay cosas que no se cuentan o, por mejor decir, no hay cosas que se cuenten. Para no acabar como el compadre Zambrano, que lo mataron por hocicón. Sólo las viejas lo andan contando todo, por lo menos lo que quieren contar. Y por eso a las viejas hay que tomarlas una vez o dos y dejarlas. ¡Pinches viejas! Y para no andar contando cosas, lo mejor es olvidarlas. ¿Y si le cuento todo a Martita? Cuando tenía las nalgas coloradas de los planazos, como si tuvieran vergüenza. Cuando lo del compadre Zambrano. Más que contarle cosas, ya debería estar acostado con ella. ¡Pinche Martita! Capaz y se está riendo. Pero a lo mejor sale más suave así, con calma.

III

—Habla García, mi Coronel.

—¿No ha ido a la primera cita que tenía hoy?

—Estoy en Sanborns, vigilando el puesto de cigarros.

—La persona que estuvo aquí anoche, me llamó temprano.

—Le hablé anoche. No tengo nada nuevo que informarle.

—¿No le va a informar de dos hombres que encontró esta madrugada la policía en un coche, a tres cuadras de su casa? Los dos estaban muertos.

—Sí.

—¿Qué sabe de eso, García?

—Uno de ellos me quiso matar, el que tiene la cuchillada. ¿Se sabe quiénes son?

—Mire, García, lo destaqué en esta investigación para que averiguara qué hay en el fondo del asunto, no para que la aproveche en liquidar a los que le caen mal.

—Creo que andan complicados en el asunto. ¿Se sabe quiénes son?

—¡Envueltos en el asunto! ¡Bah! El de la puñalada era un ciudadano mexicano, no diré que ciudadano ejem-

63

plar, pero mexicano al fin y al cabo. Pensé que estaría investigando entre los chinos.

—Así lo he hecho, mi Coronel. ¿Tiene nombre?

—Luciano Marqués, con varios ingresos. Especialista en asaltos a mano armada. ¿Eso le dice algo, García?

—No lo conocía. ¿Y el otro?

—También mexicano. Un pistolero del norte, de Baja California. Se llamaba Roque Villegas Vargas o, por lo menos, usaba ese nombre.

—Tampoco tenía el gusto.

—Y ahora los dos están muertos.

—Así es.

—Y aunque usted lo diga, no veo qué conexión pueda haber entre ellos y el asunto que estamos investigando. ¿O sabe usted de alguna en concreto?

—No, mi Coronel. Lo único que me intriga es que apenas me encomendaron este asunto y empecé a preguntar entre los chinos, aparecieron y me quisieron liquidar. Tal vez los de Mongolia Exterior piensan utilizar al talento local en lugar de importarlo.

—Quién sabe. Tal vez andaban tras de usted por otra cosa. Hay muchos que andan tras de usted, García.

—Eso también es cierto, mi Coronel, pero no me gustan las coincidencias de ese tipo.

—Si hubiera dado lugar a preguntarles algo…

—Perdone, mi Coronel, allí viene el gringo. Seguiré informando.

Colgó el teléfono y se volvió hacia el hall de entrada de Sanborns.

Un hombre se había acercado al puesto de cigarrillos y esperaba que lo atendiera la empleada. Eran las diez en punto. García se acercó también. Este gringo sabe su oficio. No busca a nadie ni con los ojos. Como si sólo estuviera comprando sus cigarros. Pero me late que ya me vio. ¡Pinche gringo!

La empleada se acercó al americano, toda sonrisa.

—Unos Lucky Strike, señorita, por favor.

García le dio una palmada en la espalda.

—Pero… ¿qué anda haciendo por aquí, mi cuate?

—¡Mi amigo García!

Se dieron un abrazo apretado, con grandes palmoteos en la espalda. A estos pinches gringos, desde que les han dicho que nosotros nos abrazamos, dialtiro la exageran.

—Creo que me andan siguiendo —dijo García.

El gringo no interrumpió la amplitud de su sonrisa. La señorita del mostrador le dijo, impaciente:

—Aquí tiene sus cigarrillos, señor.

Graves se deshizo del abrazo, tomó los cigarros y los pagó. Luego se volvió a García. Su sonrisa era la del hombre que ha encontrado a un muy buen amigo al que no ha visto en mucho tiempo, toda espectación y entusiasmo. Sin alterarla dijo:

—Ya me había dado cuenta. Y a mí también.

—Es un gusto encontrarlo —dijo García.

El americano era un hombre de cuarenta años, bajo y fuerte. Este gringo tiene músculos de boxeador y cara de pendejo. No es mala combinación en un hombre que sabe su oficio, y parece que éste lo sabe. Y con sus anteojitos de oro y su sombrerito casi sin alas y cinta de colores, más parece un agente viajero. ¡Pinches gringos! Siempre le tienen que hacer al teatro. Yo aunque me ponga ese sombrerito y esos anteojos, no dejo de parecer lo que soy, un fabricante de pinches muertos. Si hasta la changuita de los cigarros se espantó de que éste fuera mi amigo. Ha de decir que es turista y no conoce a los "latinos" y no sabe con quién se mete. ¡Pinche changuita! Ni que estuviera tan buena.

El gringo lo había tomado del brazo y lo llevaba hacia el restaurante:

—¿Ya desayunó, amigo García? Venga, venga y por lo menos se toma un café conmigo.

—Vamos adentro.

A esas horas poca gente se desayunaba, así que encontraron una mesa solitaria y se instalaron. Los dos se observaban, el americano sin perder la beatitud imbécil de su sonrisa de turista. Este gringo como que sabe karate, se le ve en las manos. Ha de conocer más mañas que un tejón viejo. Y con todo y la risita, creo que es de los que matan a un cuate sin pestañear. ¿Ya se habrá despertado Martita? ¿Habrá leído mi recado? Capaz y ya se fue, porque con lo de anoche cumplió su trabajo. Porque ella cumplió y me puso donde le dijeron. Los otros dos son los que no supieron cumplir. Y por eso están muertos.

Trajeron el desayuno de Graves, huevos con jamón, pan tostado y jugo de naranja. Para García un café. ¡Pinche café! Sabe a agüita sucia, pero así les gusta a los gringos. Y luego, en lugar de leche, le ponen crema, como si fueran chilaquiles.

El americano hablaba entre bocado y bocado, siempre sonriente y amable:

—Ya hemos hecho las investigaciones previas, señor García. Empezamos por investigarlo a usted…

—¿Y…?

—No se ofenda. Eso es rutinario en nuestra organización.

—¿Y qué más han investigado?

—Para empezar, a todos los viajeros que han venido de Oriente a México, sea por Estados Unidos o por Canadá. Ya hemos localizado a muchos y los hemos eliminado de la lista. En verdad, tan sólo quedan cinco que no hemos localizado y cuatro sospechosos. Dos de ellos vinieron juntos, por Canadian Pacific, directamente de Hong Kong y se nos han perdido en México. Pero sus datos no concuerdan con los que nos proporcionaron los colegas rusos. Uno es de origen chino, aunque ciudadano cubano. El otro es norteamericano, un aventurero que ha estado en China y en Indonesia y fue piloto en la guerra de Corea... Piloto nuestro, señor García.

—Y ahora, como que se les ha salido del huacal.

Graves se le quedó viendo fijamente, la sonrisa como muerta en los labios.

—No entiendo.

—Es una expresión. Digo que ahora ese piloto como que ha perdido el entusiasmo por luchar con ustedes en contra del comunismo.

—¡Ah, entiendo! Efectivamente, creemos que ha defeccionado. Pero aún tiene pasaporte americano y le es fácil viajar, mientras no toque tierra americana. El chino usa pasaporte mexicano, pasaporte que, al decir de sus autoridades, es falso. Al parecer, en Asia, ha usado un pasaporte cubano también. Como ve, hemos adelantado en nuestra investigación.

—Sí.

—Pero eso no es suficiente. Otros pudieron llegar por otra vía. Pudieron pasar por Estados Unidos y cambiar allí sus pasaportes. Es casi imposible, en tan breve tiempo, controlar a todos los que han viajado del Oriente hacia América. Y además, pudieron venir por Europa. Por lo tanto, hemos llegado a la conclusión de que la verdadera investigación debe hacerse aquí en México.

—¿Sí?

—El americano que no localizamos se llama James P. Moran, y el chino Xavier Liu. Tal vez, debido a sus contactos con la colonia china, podamos dar con él.

—Tal vez.

67

—Sabemos que usted recibió sus órdenes apenas ayer en la noche y que hasta ahora es cuando va a empezar a trabajar. Es correcto eso, ¿verdad?

—Sí.

Hubo un silencio. Este pinche gringo ya como que quiere dar órdenes. Y no creo que haya que informarlo de todo. Lo que no sepa no le ha de hacer daño. Y si le digo de Martita, la va a querer investigar también. ¡Pinche gringo! Por eso, entre menos dicho, menos sufrido.

—Hay que reunirse con nuestro colega ruso —dijo Graves—. Ésas son las órdenes.

—Sí.

—Pero aunque debamos cooperar con él en todo, yo creo que no es necesario que compartamos todas nuestras experiencias. ¿No cree, señor García? No podemos tenerle mucha confianza, después de todo lo que ha pasado.

—En este oficio no le podemos tener confianza a nada ni a nadie.

Graves rio su risa turística.

—Bueno, hay algunas cosas en las que podemos confiar. Por ejemplo, en el FBI.

—¿Usted cree?

—Pero, claro está. Trabajamos del mismo lado de la cerca.

García se le quedó viendo fijamente. La sonrisa del gringo se fue haciendo menos turística, más fría.

—Por cierto —dijo García—, no he visto sus credenciales.

—Eso es cierto. Ni yo las suyas.

—Ya me investigaron. Debe conocerme.

—Aquí tiene las mías.

Graves sacó una placa metálica y una tarjeta. García las vio cuidadosamente.

—¿Están bien?

—Sí.

—Entonces podemos volver a lo que estábamos hablando acerca del colega ruso.

—Ya lo habrán investigado.

—No es tan fácil. Iván Mikailovich Laski estuvo en la guerra de España. Posteriormente su nombre ha sonado en Asia, en Europa Central y en Latinoamérica. Habla muchos idiomas sin acento y hay largos periodos de tiempo en los cuales se nos pierde por completo. Por ejemplo, no habíamos oído hablar de él desde 1960. Estaba en Cuba.

Graves hablaba el español perfectamente, sin acento. ¡Pinche gringo! Yo creo que el ruso me va a decir lo mismo acerca de este cuate. Tienen gente para investigar todo. Creo que no hacen más que eso, investigar y, por eso mismo, no pudieron detener el golpe en Dallas. Andaban investigando tanto que no vieron al changuito con su rifle. Y ahora, si nos atarugamos, aquí va a pasar lo mismo, mientras siguen investigando a todos. Quién sabe cuántas cosas sabrá éste de mí. Capaz y hasta ya sabe que le hice al maje con Martita y por eso se ríe tanto. Se veía bonita, dormida en mi cama. Me hubiera gustado llevarla hoy a Chapultepec. ¡Pinche Mongolia Exterior!

—De nuestra investigación, señor García, se deduce que usted nunca ha sido comunista y que en una ocasión desbarató un complot castrista. Por eso lo consideramos como un hombre seguro.

Seguro con la pistola, seguro para matar. ¿A cuántos cristianos se habrá quebrado este gringo?

Graves lo miraba intensamente.

—¿Es usted anticomunista, verdad?

—¿No que ya me investigaron?

69

—Pero es usted anticomunista.

—Soy mexicano y aquí en México tenemos la libertad de ser lo que nos da la gana ser.

¡Pinche gringo! ¿Por qué será que hablando con ellos siempre acaba uno echando discursos tan pendejos? Aquí todos tenemos libertad pero para ser lo que somos, pinches fabricantes de muertos en serie, y de muertos de segunda, hasta eso. Y hay otros por allí, de la Mongolia Exterior, que tienen libertad para hacer muertos de primera, cadáveres. Para éstos no hay más que comunistas y anticomunistas, ¿Qué pasa si le digo la verdad? Yo soy pistolero y nada más eso. Y me da lo mismo a cuál partido pertenece el difunto. Si hasta a un cura me eché una vez. Órdenes de mi general Marchena, por allá por el veintinueve.

Graves lo veía con sus ojos duros, pero con la misma sonrisa turística de vendedor de automóviles.

—Tenía entendido que íbamos a cooperar, señor García.

—Sí.

—Entonces, ¿estamos de acuerdo en la táctica a usarse con el colega ruso?

—Ya veremos.

—Yo le he contado todo lo que hemos hecho hasta la fecha —la voz de Graves sonaba a hombre ofendido—. Usted tiene contactos con la colonia china, pero no me ha dicho nada.

—No.

—¿Tiene efectivamente esos contactos?

—Juego póker con ellos.

—Muy buen contacto.

Sí, muy bueno, para perder dinero a lo maje. Y tal vez este gringo, con su investigacionitis crónica pueda servir de algo. ¡Pinches chales! El Liu debe andar buscando a Martita. Si no es que la mandaron ellos para que me pusiera en mi casa, muy despreocupado.

—Hay indicios de que los chinos saben algo, Graves.

—¿Sí? Eso puede ser muy importante.

—Hay un chino llamado Wang, dueño de un café, el Café Cantón en la calle de Donceles. No se perdería el tiempo investigándolo.

—¿Por qué?

—Dicen que es partidario de Mao. Y está organizando algo.

Graves se puso de pie y fue al teléfono. ¡Pinche FBI! Basta decir el nombre de Mao para que corran a informar y a investigar. Está suave trabajar con éstos. Yo muy sentado aquí, dándoles la información que deben investigar. Como si fuera el Coronel. Y hasta puede que averigüe yo algo del chino Wang que me pueda servir luego. Estos chinos siempre tienen dinero y Yuan no lo quiere. Por algo ha de ser. ¡Pinches chales! Este gringo parece que conoce su oficio. Muy profesionalito, de karate y toda la cosa. ¿Ya se habrá levantado Martita? Después de ver al ruso, le voy a comprar un vestido y un abrigo. Pero puede que todavía no. Quién quita y me está viendo cara de maje. Y capaz este gringo me está acusando con el Coronel o con el mismo Del Valle de que no le coopero bonito. Y yo como que no agarro la movida de Martita. Y ya que puse a trabajar al gringo, creo que mejor lo corto. Más vale hablar primero con el ruso, a solas. Seguro se va a traer las mismas cosas que éste. Todos de muy profesionales y yo de maje con Martita.

Graves regresó y se sentó:

—Tendremos toda la información necesaria dentro de dos horas. ¿Dónde quiere usted que nos veamos, señor García?

—¿Conoce la cantina de La Ópera en Cinco de Mayo?

—Sí.

—¿A las dos?

—Bien. Y ya estamos de acuerdo, señor García. Usted y yo formamos un grupo, y el ruso es otro grupo, si entiende lo que quiero decir. No es necesario que le confiemos todas nuestras virginales experiencias... Je, je, je...

—No hay que confiárselas a nadie, Graves.

—Quiero decir que entre usted y yo...

—Ya le entendí. A las dos en La Ópera.

García se puso de pie. Graves seguía sentado, sonriendo con los ojos duros. Tiene dentadura postiza. Capaz y de una muela saca una pistola en miniatura y de la otra un transmisor de radio, como en las películas de la tele. ¡Pinches gringos! Estuvo bueno que no le dijera nada de lo de anoche. Allí hay gato encerrado. Si el Luciano Manrique o como se llame el de la cachiporra hubiera querido matarme de verdad, hubiera llevado pistola o, por lo menos, una daga. Para mí, que sólo querían asustarme. Pero el susto se lo llevaron ellos. No, esos cuates como que no me iban a matar. Más bien como que iban a darme un recado de que ya me habían caído en la movida. Y si es así, alguno de los chales los mandó. O mandó a Martita para que me pusiera allí. Eso quiere decir que ya me cayeron en la movida. O que creen que tengo una movida, cuando tengo otra. Como éstos que me andan siguiendo, muy a lo profesional, como si supieran de verdad. Serán del gringo o del ruso. O de los chales. Aunque éstos parecen más enterados que los de anoche que eran dialtiro majes para el negocio.

Llegó al Café París, se sentó en una mesa, vigilando la puerta y pidió un café exprés. Faltaba un cuarto para las doce. Un bolero le dio grasa a los zapatos hasta dejarlos relucientes como espejos. Leyó el periódico de la mañana. En *Últimas Noticias* o en *El Gráfico* saldría lo de los muertos. Otro misterio que la policía no logra esclarecer. Pero también le estamos jugando rudo a la policía. Puede que el Coronel les diga algo para que se estén serios. ¡Pinche Coronel! No me ande matando gente, García. Y entonces ¿para qué me tiene? ¿Para que le haga sus informes muy pulidos, con seis copias? Y a cuántos más habrá puesto en este asunto. Capaz y nos encontramos en medio de la movida y me echo a uno de sus cuates. Con tanto misterio las cosas se ponen de la fregada. A mí, a la antigüita. Quiébrese a ése. Acabe con esos valedores que están malhoreando. Nada de Mongolia Exterior ni de Hong Kong. Y el Del Valle también muy supersticioso y muy sonriente. Ha de estar de moda eso de la sonrisa. Igual que el gringo. Pero a mí, con la cicatriz, como que no me queda, y además es de pendejos andarse riendo todo el tiempo. Y luego, ¿de qué se ríe uno en esta pinche vida? Y al Del Valle como que no le gusta hablar con los pistoleros. Y luego, ¿quién le hace sus muertitos? ¿Y quién andará contratando a los paisanos para este negocio? No creo que los dos cuates de anoche hayan sido mártires de la causa del comunismo chino. Alguien anda repartiendo fierrada. Mucha fierrada, porque esas cosas cuestan. No estaría mal saber quién la anda repartiendo y dónde está esa fierrada. Unos centavos nunca salen sobrando. Para gastarlos con Martita y seguir haciéndole al maje.

A las doce en punto entró al café un hombre bajo, delgado, de aspecto insignificante, con un traje de casimir grueso café, mal cortado. Se sentó en la barra y pidió un vaso de leche. García se levantó y se le acercó:

—¿Quihubo?

El hombre se volvió lentamente, las dos manos apoyadas en la barra. Tenía unos ojos azules enormes, llenos de una sorprendente inocencia.

—¡García!

—¿Qué anda haciendo, amigo Laski?

—Tomando un vaso de leche. A estas horas el estómago me empieza a molestar y la leche me compone.

—¡Vaya, vaya!

—Fui a ver al médico y me dio una receta. Mírela usted, García...

Sacó de la bolsa del saco un papel, en el cual efectivamente aparecía una receta de doctor, y abajo, escrito en otra letra: "Desde que salió de Sanborns lo andan siguiendo". García no hizo gesto alguno.

—Creo que esa medicina le va a caer bien, si la toma con mucha leche. Yo, en cambio, siempre tomo café...

—Anoche en el Café Cantón estaba tomando cerveza y eso le puede hacer daño, amigo García, mucho daño.

—¿La cerveza o el Café Cantón?

—Las dos cosas, según pude observar anoche.

—Yo, en cambio, no lo vi tomando su leche.

El ruso sonrió beatíficamente. Luego dijo:

—Después de tomar mi leche, me hace bien dar un paseo. ¿Qué dice si damos una vuelta por la Alameda?

—Vamos.

En el trayecto no hablaron casi. Este pinche ruso no se dejó abrazar como el gringo. No sé qué pistola pueda traer o qué otro arsenal. Y él muy aguzadito, sabe todo lo que hago. Si me descuido, me investigan hasta el ombligo. ¡Pinche complot internacional! Pero en esto, como en todo, el que no anda aguzado, se lo lleva la corriente, como a los camarones que se duermen. Será por eso que nosotros dormimos tan poco. O por los fieles difuntos. Eso dicen las viejas beatas y los curas, que los fieles difuntos no nos dejan dormir. Como dice el corrido: Al pasar por un panteón / un muertito me decía / "préstame su calavera / pa que me haga compañía". ¡Pinche corrido! Capaz y los de Mongolia Exterior andan con estas cavilaciones. ¿Cómo serán las calaveras de los chales? Mu sonlientes. Y este ruso me agarró en la movida con Martita. Y ahora me está jugando al muy superior.

Se sentaron en una banca de la Alameda. El ruso escogió la banca, sin respaldo, donde nadie pudiera acercarse sin que lo vieran. Cruzó las manos sobre las piernas y contempló los árboles. García dijo:

—¿Conque muy enterado de todo, eh?

—Sí. ¿Verdad?

—¿Y qué tal le fue en la guerra de España? Como que les sonaron, ¿no?

El ruso soltó la risa. Los ojos le brillaban de gozo. Le dio de palmadas a García en la espalda:

—Usted va a matarme de risa, amigo García. Es usted un hombre de acuerdo con mis gustos. Después de todo lo de anoche, todavía tiene chistes que contar. Formidable, formidable.

El ruso reía como un muchacho de escuela. Otro con muchas risitas. Parece que ahora en el medio internacional está de moda andar todos muy sonrientes. Habría que ver si con un balazo en la barriga también se andan riendo. O cuando les va llegando la lumbre a los aparejos. Capaz y entonces son rajados y se orinan en los pantalones. Y capaz y este ruso se sigue riendo. ¡Pinche ruso! El Licenciado dice que el hombre no se ríe ante la muerte, que eso es de animales. Como si se pudiera uno reír ante la vida.

El ruso dijo:

—Y ahora, señor García, después de estas amenidades, ¿qué le parece si hablamos de nuestras cosas? Ya conoce a Graves. Le puedo asegurar que ese americano es uno de los mejores agentes que tiene el FBI. No se deje engañar por su risita de tonto y su aspecto burgués. Es un muy buen agente y no duda ante la necesidad de matar. Por eso creo que usted y yo debemos hacer una especie de frente común y no confiarle todas las cosas que vayamos averiguando. Si no pensaba decirle lo que sucedió anoche, yo tampoco le diré una palabra.

—¿Qué tanto vio?

—Casi todo. Desde que me informaron que iba a tener el honor de trabajar con usted, tomé un cuarto en el hotel que queda frente a su departamento. Eso es rutinario, señor García…

—¿Y también han establecido la misma rutina con Graves?

—Naturalmente. Y él la ha establecido conmigo, pero creo que anoche aún no empezaba a vigilarlo a usted.

—¿Qué tanto vio de lo de anoche?

—Muy buen golpe a la cabeza se llevó el que manejaba el Pontiac.

—¿No sería uno de sus hombres?

El ruso puso cara de sorpresa y en sus ojos se notó que estaba ofendido.

—¡Oh, no! Esos hombres eran simples aficionados. Nosotros trabajamos siempre con profesionales. El más tonto de mis hombres no hubiese sacado la cabeza del coche en forma tan torpe. Y le puedo asegurar que tampoco eran hombres de Graves. Ésos también son profesionales.

—Ya veo.

En la voz de Laski había cierta tristeza con dejos de desprecio.

—Le digo que eran simples aficionados.

—¿Sabe quiénes eran?

—No he gastado tiempo para ello. Temprano, esta mañana, hablé a la policía diciendo que estaba un coche allí en la calle con dos cadáveres. Probablemente en los diarios del mediodía me entere de quiénes eran los dos cadáveres.

—Eran mexicanos.

Laski quedó pensativo. La información le ha sorprendido. Por fin digo algo que no sabe. Conque muy salsa. ¿Y a poco vio todo lo de Martita? La ventana estaba abierta. ¡Pinche ruso!

—Eso es importante —dijo Laski, por fin—. Es muy importante. ¿Está seguro de que esos dos hombres, tanto el que estaba en el coche como el que bajó usted de su apartamento, envuelto en una sábana, tenían que ver en este asunto?

—¿Quién está seguro de algo?

—Se lo pregunto por esto. Dada la importancia internacional de este negocio, me parece muy extraño que trabajen en él, de un lado o del otro, dos simples aficionados. ¿Entiende?

—Sí.

—Por eso es necesario saber con seguridad si su presencia anoche se debía al asunto que nos ocupa o a otro motivo, tal vez personal en contra suya, señor García.

—Nunca había visto a ninguno de los dos. Sus nombres no me dicen nada, señor Laski. Y aparecen en la misma noche cuando inicio la investigación de este asunto. Puede ser una coincidencia, pero no me gustan esas coincidencias.

—Y también anoche, por primera vez, según creo, llevó usted a esa señorita a su casa.

—¿Qué sabe de eso?

—Y eso puede ser otra coincidencia. Aparece en su casa la señorita Fong, muy bonita por cierto, acompañándolo. Y aparecen dos hombres que lo quieren matar. ¿No será que la señorita Fong está complicada en el asunto?

—Yo qué sé.

—O los dos muertos pueden haber ido tras de ella, para arrebatarla de sus manos, señor García. Tal vez un amante o novio celoso... ¿No puede ser eso cierto?

—Sí puede ser cierto. Pero, después de todo, ustedes son los que han armado todo este lío, con sus chismes de Mongolia Exterior.

—¿Hubiera preferido que no le dijéramos nada a su gobierno? No hubiera sido un gesto amistoso de nuestra parte, sobre todo cuando hasta la vida de su presidente puede estar en peligro.

Los grandes ojos azules denotaban ahora una profunda ofensa, mezclada con tristeza. Las aletillas de la nariz le temblaban.

—Le agradecemos su aviso, señor Laski; y me imagino que los americanos también se lo han de agradecer. Capaz y con esto acaban la Guerra Fría...

—La Guerra Fría es un invento de los burgueses...

—Lo que quería hacer notar, Laski, antes de que se lance en su gran discurso, es que tanto usted como Graves, en lugar de buscar a los hombres que vinieron de Hong Kong, si es que existen, se pasan el tiempo investigándose y vigilándose y vigilándome a mí.

El ruso soltó la risa.

—Parece un juego, ¿verdad? Siempre es así en las cosas de intriga internacional.

—Un juego que puede acabar, pasado mañana, con dos presidentes muertos.

—Nosotros hemos cumplido con darle el aviso en cuanto supimos cómo estaban las cosas, señor García.

—Exactamente. Y nosotros hemos cumplido con agradecerlo. Y entonces viene la pregunta de los sesenta y cuatro mil pesos: ¿Qué interés tienen ustedes, los rusos, en seguir investigando?

—Una muy buena pregunta, señor García. Muy buena pregunta.

—Me gustaría una respuesta igualmente buena.

—Sería restarle fuerza a tan buena pregunta. Una pregunta así merece no ser contestada nunca. Es otra cosa de la intriga internacional. La mayor parte de las preguntas que se hacen no se contestan.

—Me gustaría una respuesta de todos modos.

—Digamos que seguimos investigando por curiosidad, señor García. Nosotros los rusos somos sentimentales, femeninos en muchas cosas y, por lo tanto, curiosos.

La sonrisa del ruso era beatífica, llena de inocencia. Éste sí que me está viendo la cara de pendejo. Y ni siquiera le dan a uno ganas de pegarle. Sería como pegarle a un niño. Capaz y se pone a llorar. ¡Pinche ruso! Pero aguzadito. De a mucha intriga internacional. Entre éste y el gringo van a acabar por investigarme hasta las nalgas. Mientras los de Mongolia Exterior, si es que los hay, muy seriecitos preparando su rifle de mira telescópica o su bomba o lo que vayan a usar.

—Se ha quedado pensativo, García. ¿Quiere saber algo más?

—Quiero saber algo, punto.

—Hay otro rumor…

—¿De Mongolia Exterior? Me imagino que lo trajeron a lomo de camello, como los Reyes Magos.

—Muy gracioso, amigo García. Creo que usted y yo nos vamos a entender muy bien, muy bien.

—¿Y el nuevo rumor?

—Alguien sacó del Hong Kong Shangai Bank, en Hong Kong, medio millón de dólares, todos ellos en billetes de a cincuenta dólares. Moneda americana, se entiende. No vale tanto como el rublo, pero de todos modos es mucho dinero.

—Diez mil billetes. Eso abulta mucho.

—Exactamente. Y esos billetes, al parecer, venían hacia México.

—Interesante.

—Pero nadie los ha visto en ninguna frontera.

—Hay muchas cosas que nunca se ven en las fronteras, señor Laski.

—Muy cierto, muy cierto.

—¿Y usted cree que ese dinero era del señor Mao?

—De la República Popular China.

—¿No vendría originalmente de Moscú?

—Tal vez. China nos ha costado mucho dinero. Mucho dinero.

—Y ahora están enojados con ustedes.

—Así es.

—¡Ingratos!

El ruso quedó pensativo. En la glorieta cercana se empezaban a reunir los chinos viejos de la calle de Dolores a su diaria charla. Allí deben estar el chino Santiago y Pedro Yuan. Y yo aquí haciéndole a mucha intriga internacional. Y aquí hay gato encerrado, pero tanteo que esas cosas de alta política ya las vieron los de allá arriba. El señor don Rosendo del Valle y los copetones. Eso no es cosa mía. Mi oficio es hacer pinches muertos. Los copetones han de saber por qué ahora los rusos andan de acusones de los chinos. Pero lo que sí me gustaría averiguar es dónde está esa lana. Es mucha lana. Dar con los cuates que la tienen, liquidarlos y quedarme con la lana, hasta donde se pueda y como dicen en la televisión "misión cumplida". ¡Pinche misión!

—Amigo Laski, ustedes creen que esos billetes van a llegar o ya llegaron a manos de algún chino de aquí y éste los va a distribuir donde conviene para el atentado.

—Es muy posible.

—¿Hay alguna base seria para pensar así? Y no me salga otra vez con la Mongolia Exterior, que hasta creo que no existe…

—Yo he estado allí. Y en cuanto a su pregunta, tal vez no haya una base sólida, pero es lógico suponerlo. En estos asuntos de intriga internacional, nunca se tiene una base sólida ni una verdad completa, amigo García.

—¿Y por qué cree que ese dinero va a llegar a manos de un chino aquí y no de cualquier otra gente?

—Los chinos no le confiarían todo ese dinero a uno que no fuera chino.

—Los comunistas pekineses, como les llaman, tienen muchos partidarios en el mundo. Hay quien dice que tienen más que ustedes.

—Muchachos universitarios jugando a conspiradores.

—Se lo pregunto porque si resulta, como creo, que los dos de anoche están mezclados en este negocio y son dos mexicanos que, seguramente, no andaban en ello por razones de convencimiento político, eso quiere decir que el dinero ya ha llegado.

—Y que lo están malgastando en aficionados.

Los grandes ojos de Laski denotaban un profundo enojo.

—Y ahora, Laski, le voy a hacer una pregunta sin ánimo de ofenderlo: ¿No será usted el encargado de vigilar que no se malgaste ese dinero?

—Le puedo asegurar que si eso fuera cierto, no se hubieran empleado hombres como los que murieron anoche. ¿Algo más?

—Sí. ¿Cómo vamos a trabajar?

—Usted y yo…

—Y Graves. No olvide a Graves, Laski.

—No lo olvido nunca. ¿Por dónde propone empezar el trabajo? Usted es el anfitrión, pudiéramos decir…

—Creo que tenemos que empezar por averiguar varias cosas. Primera: si el noble y desinteresado aviso de su gobierno no es una tomadura de pelo. Segunda: si han llegado ya a México esos misteriosos asesinos de Hong Kong. Tercera: si ha llegado el medio millón de dólares y si se va a usar en el atentado. Cuarta: si los dos muertos de anoche estaban conectados con el asunto.

—Hay otras preguntas, señor García, hay otras. Yo diría, como quinta pregunta: averiguar si la señorita Fong, que lo acompañaba anoche, está mezclada en el asunto.

Los ojos de García se pusieron duros, impenetrables. Laski siguió hablando, contando con los dedos:

—Sexto: si la señorita Fong es agente de alguno de los grupos que están interviniendo en el asunto, ¿qué tanto poder tiene sobre usted, señor García? ¿No cree que es conveniente investigar a fondo ese asunto?

—Y séptimo, señor Laski: si el ilustrado gobierno de la Unión de Repúblicas Socialistas Soviéticas no ha echado el gato a retozar con este borrego de los chinos y de la Mongolia Exterior para que, mientras todos buscamos a los chinos, los rusos hagan lo que dicen que los chinos van a hacer.

Laski palmoteó de gusto y soltó de nuevo su risa infantil.

—Vamos a ser amigos, García, grandes amigos. Lo

estoy viendo claro. ¿Puedo llamarle Filiberto? Mi nombre es Iván Mikailovich…

—Pues bien, Iván Mikailovich, ya que nos hemos confiado todas nuestras intimidades y hemos hecho tanta amistad, ¿por dónde sugiere que empecemos?

—Usted dirá, Filiberto.

—De todos los puntos que hemos visto, lo único seguro es que los dos cuates de anoche están muertos. Podríamos empezar por ellos.

—Sí. Averiguar si efectivamente estaban complicados.

—Eso lo averiguo yo.

—Y nosotros, Filiberto, y nosotros. Me imagino que el amigo Graves está interesado también, porque ya debe saber algo de lo sucedido anoche.

—Bien. Y ahora, la bella pregunta que se quedó sin respuesta.

Laski puso cara seria.

—Mi gobierno tiene ciertas diferencias de criterio con el gobierno de la República Popular China. Por otro lado, mi gobierno desea mantener el estado actual de sus relaciones con Estados Unidos. Además mi gobierno no vería con malos ojos que se deterioraran aún más las relaciones entre Estados Unidos y la República China. Como ve, por lo pronto, no nos interesa la muerte del presidente de Estados Unidos…

—Pero les interesa que los chinos carguen con la culpa de lo que pudiera suceder.

—Es usted desconfiado, Filiberto.

—Hay que serlo, Iván Mikailovich.

—¿Dónde quiere que nos veamos a eso de las siete de la noche?

—En el Café Cantón

—¿Le parece prudente?

—Hay que remover algo, Laski. Hay que ver cómo reaccionan esos chinos.

—Tal vez convenga. Nos veremos allí, Filiberto. Yo me llevaré a los que me siguen y usted se llevará a los que le siguen. Por cierto, ¿sabe si su gobierno ha ordenado que me vigilen?

García sonrió.

—Hasta la vista, Iván Mikailovich.

El ruso se fue rumbo al Caballito. Un hombre que leía un diario en una banca lejana se puso de pie y emprendió también la caminata hacia el Caballito. García tomó el rumbo hacia Cinco de Mayo. Un hombre lo seguía de lejos. Sería fácil perderlo, pero no hay para qué. Este pinche ruso se las sabe todas. Como el gringo. Hasta sabe el nombre de Martita. ¿Cómo lo habrá sabido? Capaz y Martita está trabajando para él.

Se detuvo en una tabaquería y llamó por teléfono:

—¿Martita?

—Sí. ¿Es usted, Filiberto? Leí su recado y… Gracias, muchas gracias, pero no puedo quedarme aquí…

—Ésa es su casa, Martita. Se la ofrezco de todo corazón.

—Gracias. Ha sido tan bueno conmigo que… que quiero llorar como una tonta.

—¿No me ha llamado nadie, Martita?

—No.

—Voy a ver si puedo ir por la tarde y hablaremos. Hasta entonces, Martita, y pórtese casi bien.

Antes de colgar pudo oír la risa de Marta. No más de oírla reír, se me apachurra el estómago. Diablo de Martita, tan buena que está. ¡Y pinche ruso! ¿Quién le estará haciendo al maje? ¿Si me estaré poniendo como chamaco con su primera novia? Y ella viéndome la carota, toda la carota: "Ésta es su casa Martita". "Quédese en la recámara, yo duermo aquí en la sala." Y ella allí en la cama, muy virginal y toda la cosa. Y capaz que el chino Liu ya se dio el gusto. Y yo nada más un besito en el cachete. Y tan linda trompita que tiene. Y luego, nunca se me ha hecho con una china. Si seré maje. ¡Pinche ruso con sus chismes! Y capaz tiene razón y hay que investigarla. Mejor le investigo las piernitas. Esto de Martita ya deben saberlo hasta en la Mongolia Exterior. ¡Pinche Mongolia Exterior!

Marcó otro número en el teléfono:

—Habla García, mi Coronel.

—¿Ya mató a otros?

—Hice los contactos. ¿Podría decirme si el finado Roque Villegas tenía dinero en dólares?

—Sí.

—¿En billetes de a cincuenta?

—Sí. Treinta billetes. Si es que los de la ambulancia no se clavaron algo.

—¿Todos los billetes de a cincuenta?

—Sí. ¿Por qué?

—Creo que ya vamos empezando a ver claro. ¿Sabe usted la dirección del finado Villegas, mi Coronel?

—Vivía con una mujer que se trajo de Tijuana, una gringa. Guerrero 208, departamento 9.

—¿Ya hablaron con la mujer?

—No, no he querido que le digan nada. Quiero ver qué hace.

—Voy a ir a verla.

—No quiero que se muera esa gringa, García.

—Se hará lo posible, mi Coronel.

Colgó el teléfono y entró a la cantina de La Ópera. Fue hacia uno de los reservados, en el fondo, donde antiguamente acudían algunas damas audaces y con velos y ahora sólo van hombres que buscan una soledad mayor de la que llevan dentro. Se sentó y pidió unos tacos de ubre y una cerveza. ¡Pinche Coronel! No quiere que la gringa aparezca muerta. Y a mí qué me importa que esté muerta o viva. A mí qué me importa todo esto. La Mongolia Exterior y los rusos y el presidente de los gringos. ¡A mí qué carajos me importa todo eso! Que de mucha lealtad al gobierno, ¿y qué ha hecho el gobierno para mí? ¡Pinche sueldo que paga!, si no fuera porque uno se aguza, con o sin gobierno, se lo lleva el tren, con todo y la lealtad. Y por allí andan sueltos muchos billetes de a cincuenta dólares. Diez mil de ellos.

—¿Quihubo, mi Capitán?

—¿Qué hay, Licenciado? ¿No se toma un tequila?

El Licenciado se sentó frente a él, el mármol de la mesa entre los dos. Tenía un traje y una edad indefinidos. Los pocos dientes que le quedaban aparecían de vez en cuando, amarillentos y tímidos tras de su sonrisa, tímida también. Una corbata, también de color indefinido, le colgaba del cuello delgado. La camisa estaba sucia y vieja. Las manos, al llevarse a los labios la copa de tequila, le temblaban.

—No vino anoche, Capi. Faltaba uno para el dominó.

—No. No vine.

—¿Trabajo o detalle?

—Salud, Licenciado.

—Vino a buscarlo un tipo.

—¿Sí?

—Dijo que era su amigo. Me invitó dos tequilas, allí en el mostrador.

—¡Vaya!

—Pero le caí en la movida. No lo conocía, Capi. Le dije que usted siempre tomaba tequila y me dijo que sí, que era usted un gran tequilero.

El Licenciado vació su copa. García le pidió otra. ¿Conque hasta aquí me andaban buscando esos cuates?

—¿Como a qué hora fue eso?

—A eso de las nueve.

Trajeron el tequila y los tacos de ubre.

—¿No gusta?

—Gracias, Capi. Yo como más tarde… cuando como. Salud.

Bebió. ¿O será que el Licenciado quiere hacer el cuento grande para gorrearme otros tequilas? ¡Pinche Licenciado!

—¿Y luego, qué pasó?

—Mire, Capi, cuando alguien entra preguntando por un hombre como usted y diciéndose su amigo del alma, su merito contlapache y ni siquiera sabe que nunca toma tequila, hay algo raro. ¿Sería de la policía?

—Quién quita.

—Cuando salió, lo seguí un trecho, pero luego se me perdió en Donceles. O, por mejor decir, me encontré con Ibarrita y me disparó un tequila…

—¿Era mexicano?

—Sí. Medio pocho en el vestir, pero mexicano. Como de mi alto, con la cara medio aindiada. Y llevaba pistola debajo del sobaco.

—¿De veras no quiere unos tacos, Licenciado?

—Mejor otro tequila.

García pidió otro tequila. Por lo que dice, parece que era Roque Villegas. Y yo que tanteaba que me venía siguiendo desde Dolores y resulta que me estaba buscando aquí. Y ahora ya no me está buscando en ninguna parte. ¡Pinche muerto! Y el otro, el Luciano Manrique sabía que andaba yo en Dolores con los chales. Esto se está enredando.

—Mire, Licenciado, ¿quiere hacerme un favor y ganarse unos centavos?

—¿Hay que matar a alguien?

—Defender a una viuda.

—¿Autoviuda o usted la hizo viuda?

—No es exactamente viuda. No se casaron.

—Una concubina.

—Sí, le mataron al amante.

—¿Usted?

—Sí. Y el hombre llevaba mil quinientos dólares en la bolsa, en billetes.

—¿Y se los dejó, mi Capi?

—Los tiene la policía. Quiero que vaya a ver a la mujer, que aún no sabe que su hombre se ha muerto…

—¿Y? ¿Tiene más dinero ella?

—No sé. Le dice que la va a representar, que la va a ayudar a recobrar ese dinero que legítimamente es suyo.

—Así es. La ley protege…

—Se trata de una gringa.

—Con más razón, una mujer sola, en tierra ajena, con el marido muerto…

—Luego le hace a la demagogia, Licenciado. Lo que quiero es que la vaya a ver y le diga que le puede conseguir ese dinero mediante una comisión…

—¿El cincuenta por ciento?

—El diez por ciento…

—Es muy poco.

—De todos modos no va a conseguir ese dinero. Por eso le voy a pagar yo…

—Pero es que si se puede conseguir legalmente…

—Eso no me interesa, Licenciado. Lo que quiero saber es de dónde proviene ese dinero, quién se lo dio a Villegas…

—¿Villegas, Capi? No será un tal Roque Villegas.

—Sí.

—Venía en la edición del mediodía…

—Le dirá usted a la mujer que es necesario comprobar el origen de ese dinero para poder cobrarlo. O sea, que tiene que demostrar que efectivamente era de Villegas…

—Comprendo.

—Yo llegaré mientras está usted con ella. Hará como que no me conoce y sigue mi juego. Pero cuando llegue quiero que ya esté enterada de todo y con ganas de cobrar ese dinero.

—¿Y yo qué saco, Capi?

—Doscientos pesos.

—Trescientos. Tengo que pagar el cuarto…

—Doscientos cincuenta.

—Está bueno. ¿Dónde vive?

—Guerrero 208, departamento 9.

—La veré mañana.

—Ahora. Yo llegaré a las cuatro.

—Pero…

—Ahora.

—Déme algo para el coche.

Le dio diez pesos. El Licenciado los tomó y desaparecieron casi en forma mágica entre sus manos.

—Voy de una vez.

—Esos diez van a cuenta.

—No sea malo, Capi. Deje vivir…

El Licenciado salió de la cantina. Ya aparecieron treinta de los diez mil billetes. Me gustaría encontrarme un lotecito de ellos. Y también es posible que mi amigo Iván Mikailovich me estaba viendo cara de maje. Como Martita. Y resulta que ni hay los diez mil billetitos de a cincuenta ni hay Martita. ¡Pinche Martita! Capaz y que hasta está preñada del chino Liu. Y yo haciéndole a la

89

novela Palmolive. ¡Jíjole! si me hubiera visto Ramona la Chiapaneca: "Fili, tú eres capaz de saltarle a un poste con naguas". Así me decía la canija. Y todo porque le volteé a la criadita del burdel. Había que incorporarla. Y aquella otra, la de Veracruz: "Para ti el amor sólo es saltarle a una vieja encima. Creo que para ti una mujer no es más que un agujero con patas". Y luego, ¿qué otra cosa es una mujer? Con ellas, a lo que te truje. Es como con los muertitos. ¿Para qué andarle haciendo? Sobre el muerto las coronas y sobre la vieja el hombre. ¿Y para qué tanto prólogo? Llegando y prendiendo lumbre. Con las viejas y con los muertos. Es igual. Lo demás son adornos de degenerados. Y ahora yo: "Usted en la recámara, Martita". A poco lo que está resultando es que ya no puedo y me hago medio paternal. ¡Pinche Martita! ¡La pinche madre! Nomás hablo con el gringo y me voy a la casa. Y aquí se acabó la novela Palmolive y vamos a lo que importa. Usted en la cama, Martita, y yo también. Que si no sirve para eso. ¿Para qué otra cosa? Puede que le lleve unas flores. ¡Otra vez haciéndole a la novela Palmolive! Y ese día que llevé unas flores, allá en Parral. Pero no me iba a acostar con Jacinta Ricarte. Las flores eran para la tumba. Estaba bien borracho y allí me cayó el teniente Garrido. No había órdenes para matar a Jacinta Ricarte. ¡Pinches flores! Y el gringo va a salir conque también se las sabe todas, como el ruso.

Graves entró a la cantina con toda su sonrisa al aire. Llevaba bajo el brazo un gran portafolios de cuero negro. Cuando vio a García, su sonrisa se hizo aún más luminosa. Este gringo pone cara como si me quisiera vender algo. O capaz y es maricón y le estoy gustando.

—Mi buen amigo García…

—¿Quihubo?

Graves se sentó frente a él.

—¿Ya comió?

—¡Oh, sí! Nosotros tomamos el lunch a las doce, para tener una tarde larga en la que trabajar.

—¿Quiere café?

—¿Tendrán café americano?

—Tal vez.

Se consiguió una taza grande con algo de café y agua caliente. Graves lo probó y no volvió a tocarlo.

—Eso me pasa en Sanborns cuando pido café —dijo García.

Graves sonrió.

—No tiene importancia. Lo pedí por acompañarlo.

—¿Quiere un coñac?

—No, gracias. No cuando estamos trabajando. García, sé que Laski tiene hombres que me siguen…

—Y usted tiene hombres que lo siguen a él.

—Es rutinario. Pero hay otros que creo no son de Laski. ¿No son suyos?

—Y hay otros que me siguen a mí. Los de Laski, los suyos y otros. Parecemos procesión.

—¿No sabe de quién puedan ser esos hombres?

—Del señor Mao.

—¿Está seguro?

—No. ¿Y usted?

—Si nos andan siguiendo, quiere decir que estamos sobre la pista de algo.

—Mire, Graves, ¿qué dice si nos dejamos de payasadas? Si usted y Laski ocupan a su gente en algo más útil, capaz podamos saber quiénes son los otros.

Graves rio.

—Tiene razón, amigo García. Habrá que hacer un trato con Laski que es, por cierto, un hombre muy peligroso. Creo que a veces llevamos la desconfianza un poco demasiado lejos.

—Eso digo.

—Puedo darle un ejemplo de ello. Usted no me dijo nada de sus actividades de anoche. Si no ha sido porque... porque tuve la precaución de hacerlo vigilar desde que supe su nombramiento, no me hubiera enterado de nada. Eso no es bueno, García. Convinimos en cooperar.

—¿Está seguro de que lo que sucedió anoche tiene que ver con el negocio que estamos investigando?

Graves estaba ocupado en encender un cigarrillo. *La próxima vez que me levante una changuita, mejor la llevo al Estadio Olímpico, habrá menos gente allí. Si he sabido, vendo boletos.*

—El asunto —dijo Graves— empezó en el Café Cantón que me pidió que investigara...

—¿Sí?

—Allí empezaron a seguirlo en un Pontiac. El Pontiac en el cual encontraron, esta mañana, a dos hombres muertos.

—¿Está seguro de que tienen que ver con este asunto?

—Es lógico. ¿O me pidió que investigara a Wang del Café Cantón para otros fines?

La voz de Graves era dura. A pesar de la sonrisa, se veía que no le parecía divertido el asunto.

—Estamos tratando una cosa muy seria, de la cual depende la vida del presidente de Estados Unidos y, tal vez, la paz del mundo. Y tenemos muy poco tiempo...

—Entonces no lo pierda con regaños y dígame qué averiguó del chino Wang.

Graves sonrió. Puso su portafolios sobre la mesa, pero sin abrirlo. *Ya me va a sacar todos sus papeles. Investigación en mil páginas. Que las lea su madre.*

—Wang ha importado bienes de China comunista por la vía de Hong Kong. Especialmente latería de platillos chinos. Sus importaciones han sido bastante fuertes. El último cargamento tuvo un valor de ochenta mil pesos. Yo creo que la policía mexicana debería catear el café y las bodegas que tiene en Nonoalco.

—¿Y encontrar qué? Latas de cerdo y salsa de pescado. Mi gobierno no prohíbe el comercio con China.

—Éste es un caso especial.

—Además, he sabido que andan por allí, volando como quien dice, quinientos mil dólares, en billetes de a cincuenta dólares.

—¿Cómo lo sabe, García?

—Ese dinero viene de Hong Kong. Con medio millón de dólares se puede organizar el asesinato del papa, no digo de un presidente.

—¿Cómo supo de ese dinero?

—Tal vez su gente, que es tan amiga de investigar, tenga noticias de una operación de esa magnitud. El dinero, en efectivo, proviene del Hong Kong Shangai Bank, en Hong Kong.

—Wang cambió ayer, en el Banco Nacional, cien billetes de a cincuenta dólares. Los cambió por pesos.

—¿Usted cree, Graves, que puede conseguir los números de los billetes que dio el Banco de Hong Kong?

—Se puede intentar, a través de Londres, pero tenemos poco tiempo.

—Hágalo, aunque sea a través de la Mongolia Exterior. Y tenemos cita a las siete, en el Café Cantón, con Laski.

—Bien. ¿Qué dijo acerca de la Mongolia Exterior?

—Nada. Era un chiste. Hasta las siete.

García se puso de pie. Graves siguió sentado:

—Quisiera saber de dónde proviene su información, García. La del dinero…

—¿Sí?

—Es importante.

—Uno de los hombres muertos en el Pontiac llevaba treinta billetes de cincuenta dólares. Mucho dinero para un tipo así.

—Medio millón de dólares es demasiado dinero para una empresa como ésta, García.

—¿Usted cree que la vida de su presidente no vale eso?

—Estos atentados se hacen generalmente con fanáticos, a los cuales se les paga poco. Medio millón es mucho dinero.

—Hasta las siete.

García salió a la calle y se detuvo en un teléfono público:

—Habla García, mi Coronel.

—¿Ya mató a alguien más?

—¿Tiene allí los billetes que le encontraron a Villegas?

—Sí. Y aquí se van a quedar.

—Sólo quiero saber los números.

El Coronel le dio los números y García los apuntó en un sobre viejo.

—Gracias, mi Coronel.

—Me llamó la persona con la que hablamos anoche. Quiere informes.

—Sí.

—¿No tiene más que decir?

—¿Pudiera usted conseguir los números de unos billetes de cincuenta dólares que el chino Wang, del Café Cantón, cambió en el Banco Nacional? Eran cien billetes.

—Sí, es fácil. El banco no tiene por qué ocultar ese dato. Usted mismo puede pedirlos.

—No hay tiempo, mi Coronel. Pasado mañana llega el presidente de Estados Unidos.

—Sígame informando.

El Coronel colgó la bocina. ¡Pinche Coronel con sus chistes! Que si ya maté a alguien más. ¿Y qué tal si no le mato a sus clientes? Todos éstos se han hecho los muy superiores. Como el Del Valle. ¿Quién habló de matar a alguien? Y yo sigo en las mismas. No más que peor. Antes se respetaba. Filiberto García, el que mató a Teódulo Reina en Irapuato. Y el pinche coronelito no era nadie, un chamaco. Pero ahora es así, la Revolución con guantes blancos. Y el gringo muy preguntón. Como el ruso. De a mucho investigar, de a mucho equipo. ¡Pinche equipo! Estas cosas las hace un hombre solo. Filiberto García, el que mató a Teódulo Reina en Irapuato. Solo. De hombre a hombre. Sin investigar. ¡Pinche Coronel!

Inútilmente buscó un taxi y acabó por tomar un autobús. La casa 208 de la calle Guerrero era un edificio de apartamentos de una fealdad que parece reservada a esa calle. El apartamento 9 estaba en el segundo piso, al fondo de un pasillo sucio, con paredes descascaradas en las cuales varias generaciones de inquilinos habían dejado estampadas sus impresiones sobre la política, la vida y la muerte y, sobre todo, el sexo. García se detuvo y apretó la campanilla. Parecía no funcionar, así que golpeó con la mano en la puerta. A los pocos momentos se abrió. Una mujer rubia, cubierta por una bata sucia, despeinada y con visibles huellas de maquillajes anteriores, le preguntó…

—What the hell…?

—Policía.

Le enseñó una placa. La mujer se llevó las manos a la boca, como para ahogar un grito, y lo dejó pasar. Entró a la sala-comedor del apartamento, donde sobre lo viejo y corriente de los muebles, imperaba el desorden. La mesa estaba cubierta por trastes sucios. En el suelo había periódicos tirados, colillas de cigarros y prendas de ropa. Entre todo ello, el Licenciado estaba sentado en el sofá, una copa en la mano y una botella de ron en la mesa baja frente a él. El Licenciado se puso de pie:

—Policía —le dijo García.

—Soy licenciado y represento a la señora.

La mujer seguía inmóvil, junto a la puerta abierta, las manos en la boca, como ahogando un grito. García se volvió hacia ella:

—¿Es usted la mujer de Roque Villegas Vargas?

—Sí. Y el dinero que tenía es mío… es mío. The dirty bum, the low dirty bastard… El dinero es mío…

El Licenciado cruzó el cuarto y cerró la puerta de entrada. La mujer seguía hablando:

—El dinero es mío… todo es mío y no crean que voy a dejar que la policía me lo robe.

—Señor policía —intervino el Licenciado—, la señora se acaba de enterar del sensible fallecimiento del señor Villegas Vargas…

—The dirty bum, the no good mother fucking bastard…

—…y naturalmente se encuentra un poco alterada por el dolor.

—Quiero ese dinero, todo ese dinero…

—Por otra parte, le he dado el consejo de que tome algún estimulante, un poco de ron, para calmar sus nervios destrozados…

—The no good son of a bitch. Mil quinientos dólares, señor policía, y son míos… míos.

García se le quedó viendo fijamente. La mujer cerró la boca, que tenía dispuesta a mayores muestras de su dolor, y se echó hacia atrás un paso:

—¿Tiene documentos que comprueben que es usted la esposa de Villegas Vargas?

El Licenciado se adelantó:

—Mire usted, señor policía…

La mujer lo hizo callar con un gesto:

—Esos mil quinientos dólares son míos. Es lo único que voy a sacar de todo este cochino enredo, de cinco meses de vida con ese mother fucking bastard… Es lo único.

—¿Tiene documentos?

El Licenciado volvió a intervenir:

—Tiene su pasaporte y está en regla. Su estancia en México es legal…

—¿Sí?

—Ahora bien, señor policía, al parecer faltó un pequeño requisito legal, el acta de matrimonio. Pero usted bien sabe que nuestras leyes son humanitarias y protegen a la concubina de buena fe. Y es indudable y se puede demostrar que esta señora ha vivido con el señor Villegas Vargas como su esposa y, por lo tanto, tiene el más completo derecho a la herencia que ha dejado el difunto…

—You tell him, Licenciado! Claro que tengo mis derechos… Ese dinero es mío y si se lo quieren robar, iré a ver a mi cónsul. Ningún greaser me lo va a quitar. Mil quinientos dólares. Holly Jesus!

—Es cierto eso, señor policía. Está bajo la protección, no tan sólo de nuestras leyes humanitarias, sino del gobierno de Estados Unidos.

—Identifíquese —dijo García a la mujer.

Corrió a otro cuarto y regresó al instante con una enorme bolsa de mano de color rojo violento. La abrió, hurgó dentro de ella y sacó un pasaporte americano. Se lo enseñó a García, triunfante, segura de sí misma. Con sólo ver su pasaporte parecía haber adquirido una nueva fuerza, una nueva categoría humana:

—Look, american citizen. Vea. Anabella Ninziffer, from Wichita Falls, artista de teatro. Y mire mi tourist card. Todo en regla. Todo…

—Ya veo.

—Claro que en el teatro o en los cabarets no uso ese nombre. Me llamo Anabella Crawford. Tal vez me haya visto anunciada en Tijuana o en L. A.

García le devolvió el pasaporte. ¡Pinche gringa! Le apesta el hocico a cantina de amanecida. Conque ciudadana americana. Y ya me espanté.

—Look here, mister… Le digo que ese dinero es mío…

—Ya veremos.

—Come on, honey. Be good… Sea bueno conmigo and I'll be good to you. ¿Quieres venir esta noche a un party, tú solo…? Siempre me han gustado los hombres fuertes, morenos, con ojos verdes. I'll be good, honey.

El Licenciado se sirvió una copa de ron y se la vació de un trago. Anabella se acercó a García, dejando que se le abriera el escote de la bata. Debajo de la bata sólo había Anabella, mucha Anabella.

—No he hecho ningún deal con ese schister… con ese abogado. Quería una parte de mi dinero, honey.

—¿Sí?

—Quería el treinta por ciento de mi dinero. Five hundred dollars. ¡Jesús P. Krist! ¿Verdad que no le tengo que dar nada? Tú me lo vas a conseguir.

—Si puede comprobar el origen de ese dinero, no tiene por qué darle nada a nadie.

—¿Cómo?

García le repitió la frase en inglés. La mujer siguió hablando en inglés:

—Lo ganó él con su trabajo. Lo ganamos los dos…

—¿En qué trabajaba?

—Lo contrataron para un trabajo especial, una investigación. Era un detective privado, honey.

—¿Quién lo contrató?

—Y el coche también es mío, el Pontiac. Yo le di el dinero para que lo comprara en Tijuana.

—¿Quién lo contrató?

—Tienen que darme el dinero y el coche, todo eso es mío...

—¿Quién lo contrató?

La mujer fue a la mesa, tomó la botella de ron y echó un buen trago.

—Honey, no es necesario saber eso. Ven a la noche y verás como todo eso no importa... Tendremos un party...

García se le acercó. Tenía los ojos como dos pedazos de hielo verde. Con la mano izquierda le quitó la botella a la mujer, con la derecha le dio una cachetada cortante.

—¿Quién lo contrató?

La mujer se llevó las manos a la boca. Tenía los ojos desorbitados. Lentamente se dejó caer en el sillón, sin descubrirse la boca. Las lágrimas le empezaron a correr por la cara, le bajaban por las mejillas, revueltas con máscara de los ojos y polvo.

—¿Quién lo contrató?

—No... no puedo decirlo... No puedo. Pero ese dinero es mío, es lo único que tengo... Lo único. Ese desgraciado me lo quitó todo. Me dijo en Tijuana... Yo era artista allá... Me dijo que íbamos a ganar mucho dinero...

—¿Con quién?

—No... no puedo decirlo... Tengo miedo.

García la tomó de la bata y la obligó a ponerse de pie. A Anabella parecía que se le iban a saltar los ojos. Le temblaba la boca regordeta.

—Lo contrataron unos chinos, ¿verdad?

La mujer sacudió la cabeza, pero sin fuerza.

—Fue Wang, el del Café Cantón.

La mujer seguía negando. García soltó la bata y la botó en el sillón. Anabella se cubrió la cara con las manos y empezó a sollozar.

—Podemos tener un party, honey… Un muy buen party, esta misma noche.

—¿Fue Wang?

Anabella asintió con la cabeza.

—¿Qué trabajo iba a hacer?

—No sé… no sé… Era algo muy secreto, muy reservado. No me querían decir nada… Rock, así le decía a Roque, sólo me aseguraba que íbamos a tener mucho dinero y ser gente importante… Pero no sé lo que era.

García se volvió como para salir.

—Pero, señor policía… Mister… usted me prometió que me darían ese dinero… Y el coche…

—Trátelo con su abogado.

—That crummy bastard! Mejor ven a la noche, a las nueve, y te explico todo. Me voy a arreglar y tendremos un party. ¿Te gusta un party con una muchacha americana, verdad lover?

García salió y cerró la puerta. ¡Pinche gringa más aguada! Y todavía apesta al aguardiente que se tomó anoche. Casi prefiero acostarme con el Licenciado. ¿Conque el chino Wang andaba repartiendo la fierrada? Fregados chales éstos. Ora sí que les cayó tierra. Y estos de China Comunista han de andar medio atrasados en la intriga internacional. ¡Vaya pendejadas que andan haciendo! Por eso creo que aquí hay gato encerrado. ¡Pinche gato! Conque de mucha Mongolia Exterior para salir con esta tarugada. Y por allí andan otros muchos billetes de a cincuenta dolores cada uno, de a cincuenta dolores verdes.

Le podría comprar a Martita un abrigo de pieles. Y sigo haciéndole al maje. Pero lo que es esta noche me cumple o me cumple. Con lo buena que está. Medio millón para una pendejada así. Más de seis millones pesos. El Coronel se va a poner aguzado. Y se va a venir el juego de la bolita. ¿Que dónde está la bolita? Pero el primer clavete es el bueno, y ése me va a tocar a mí.

IV

Cuando García abrió la puerta del departamento, Marta estaba de rodillas en el suelo, limpiando la alfombra con un trapo húmedo. Al oír que se abría la puerta, alzó los ojos:

—Ya casi no se le ve la mancha, Filiberto.

—¿Para qué está haciendo eso, Martita?

Marta se puso lentamente de pie.

—Creí que no vendría hasta la noche y no tenía otra cosa que hacer.

—¿Ya comió, Martita?

—Sí. Hice un poco de arroz.

—¿Nada más eso?

—No tengo hambre, Filiberto.

García cerró la puerta y cruzó hacia la recámara, donde dejó el sombrero. Marta seguía viendo la alfombra que había limpiado. Cuando García regresó, alzó los ojos para verle la cara:

—¿Qué ha pasado?

—Nada grave, Martita.

—Pero, esos hombres…

—Eran dos asaltantes, conocidos por la policía.

Se sentó en el sofá. Tal vez venga a sentarse junto a mí y la abrazo. Debería haberla abrazado al entrar. Dialtiro me estoy haciendo maricón.

Marta fue a la cocina a dejar el trapo. Desde allá preguntó:

—¿Quiere café? Lo tengo preparado…

—Gracias, Martita, pero no se moleste…

—En este momento se lo llevo. ¿Quiere coñac?

—Sí… por favor.

—Ahora va.

La voz de Marta sonaba alegre, confiada. Ya no tiene el miedo de anoche. Capaz y ahora se me pone difícil. No hizo por besarme cuando entré, ni siquiera por darme la mano. Le quité el miedo y ora me tira a loco. Eso me saco por pendejo. Y por maricón. ¡Pinche maricón yo!

Marta salió de la cocina y puso el café y el coñac en la mesa baja del centro. Luego se sentó junto a él.

—Le puse azúcar. Una cucharada, como le gusta.

—Gracias, Martita.

Probó el café. Como me gusta. Lo que me gusta es ella y aquí me estoy haciendo maje.

—¿Le sirvo coñac?

—Gracias, Martita.

Sirvió una copa de coñac. Gracias, Martita, parece que ya no sé decir otra cosa, como chamaco de escuela.

—Salud, Martita. ¿No toma una copita conmigo?

—No gracias, Filiberto. La verdad es que no me gusta el coñac.

—¿Qué le gusta tomar, Martita?

—Nada. A veces un poco de vino, pero prefiero no tomar nada. Le limpié también el traje… el de anoche, y lavé la camisa.

—No debió molestarse, Martita.

—Creí que no era bueno darlo a la tintorería. Luego hablan de esas cosas. Pero dice que ya no hay peligro…

—No, ninguno. Martita. Y ahora voy a ver a un licenciado para que me consiga su acta de nacimiento, la de Marta Fong García… Capaz y soy su tío, Martita…

—Por lo menos de la pobre de Alicia Fong.

—Ésa es usted ya para siempre. Y más mexicana que los chilaquiles. Salud, paisana.

Marta inclinó la cabeza. Cuando la levantó tenía los ojos llenos de lágrimas. Le dio un beso en la mejilla:

—Gracias, Filiberto, gracias.

—No hay de qué, Martita.

Marta se levantó y fue a la ventana abierta. Desde allí habló, la voz llena de emoción:

—Entonces, ya no tengo peligro, ya nunca tendré peligro y ya nunca tendré miedo. Va a decir que soy tonta, pero he vivido tantos años con ese miedo dentro, que tengo que acostumbrarme a no llevarlo. Tengo que acostumbrarme a ver la vida de frente, a ver a la gente a la cara, sin esconderme, como ha sido hasta ahora.

—Ya nadie le puede hacer nada, Martita.

—Soy libre… Tengo que acostumbrarme a eso, a ser libre. Tengo que decirlo muchas veces. Ya no tendré que trabajar por lo que me quieran pagar. Ya no volveré a la casa del señor Liu…

—Yo creí que era su protector, Martita.

Marta quedó en silencio. García se puso de pie y fue a la recámara. ¡Pinche maricón! No aproveché cuando tenía miedo y ahora como que no me estoy aprovechando de que está agradecida. Será que el ruso me tiene ciscado, porque todo lo ve. Debería cerrar la ventana. ¡Pinche ruso! Debería traerla aquí al cuarto, a la cama y a darle. Sobre el muerto las coronas.

Se volvió hacia la puerta. Marta estaba allí, de pie, viéndolo.

—Todo eso es gracias a usted, Filiberto.

—Ha sido un gusto.

—Yo sabía que era bueno. Un hombre que hace reír, como usted lo hace, a una muchacha cualquiera, sin importancia, tiene que ser bueno.

—No diga eso Martita.

García entró al baño y cerró la puerta. Ora sí que ya la jodimos. Hasta la voz me está saliendo ahogada. Sólo falta que me ponga a chillar como una vieja. O como un maricón. Luego dicen que los hombres, de viejos, se vuelven maricones.

Se lavó las manos y salió del baño. Marta seguía de pie, en la puerta.

—Yo sabía que no me equivocaba al contarle todo, Filiberto. Y por eso quiero que sepa lo demás.

Los ojos de García se hicieron fríos, calculadores. Ahora viene la cosa. Conque nada más me estaba viendo la cara de pendejo y ya se va. Pero si me sale con eso, me cumple o me cumple, aunque el ruso lo vea todo. ¡Pinche ruso! Capaz y hasta lo oye todo. Debe haber puesto micrófonos por todos lados. Pero que se friegue el ruso. Ahora ésta me cumple.

—Venga, Filiberto… Siéntese aquí, en el sofá.

García se sentó. Ella se arrodilló frente a él, en cuclillas en el suelo. Así lo veía hacia arriba. Tenía los ojos llenos de lágrimas.

—Yo no quería, Filiberto, le juro que no quería, pero era la amante del señor Liu. La segunda mujer, dice él. Yo no quería, pero tenía tanto miedo. Y luego ya se hizo costumbre. Creí que iba a durar para siempre, para toda mi vida. Todos los martes y sábados llegaba a mi cuarto por la noche. Su señora, la pobre, estaba enterada de todo, pero él dice que esas cosas no tienen importancia, que son costumbres chinas. Y la señora también le tiene miedo. Ella y yo siempre hemos hecho todo lo que él quiere. No nos atrevemos a desobedecerlo. Él cree que lo que hace no es malo, pero yo creo que sí… Y no podía hacer nada para evitarlo y dos veces por semana tenía que esperarlo en mi cuarto…

—¿Por qué me cuenta eso, Martita?

—Porque ha sido bueno conmigo… Como si fuera un padre, más que mi padre. Desde que dejé a las monjas en Macao, nadie había sido bueno conmigo… Y usted lo ha sido y no me ha pedido nada…

Lo abrazó y empezó a llorar sobre su hombro. ¡Como un padre! Pinche padre. Si no más supiera lo que le voy a pedir. Pero ya el chino Liu me madrugó. ¡Pinche chino!

Marta seguía sollozando. Le puso una mano en la cabeza. La mano me está temblando, como a un chamaco de colegio con su primera vieja. Como me temblaba cuando tocaba a la Gabriela en Yurécuaro. O como a aquel chamaco de la Universidad que agarré aquella tarde en Chapultepec. Así le temblaban las manos cuando le bajaba los calzones a la escuincla. Y más cuando le salí de atrás de un árbol. Y la chamacona estaba buena, pero era tan virgen como su pinche madre. Mucha lloradera, pero me abrazaba que casi no me dejaba resollar. ¡Pinche chamacona! Y ora yo estoy temblando como el muchacho ése. No más tengo cerca a Martita y me pongo a temblar. Y no más es un agujerito con patas y ni siquiera anda presumiendo de virginidad que perder. Orita es cuando debería meterle mano y llevármela a la cama. Dicen que las mujeres, cuando están llorando, se ponen más cachondas. ¡Pinche tembladera de manos!

Apartó a Marta y la hizo que se sentara en el sofá junto a él. Le levantó la cara por la barbilla y le secó las lágrimas con el pañuelo.

—Parece que siempre le ando secando las lágrimas, Martita.

—Sí.

—Y no soy experto en eso, Martita.

—Yo tampoco sabía ya lo que era llorar, Filiberto.

Lo besó levemente en la boca, se puso de pie y fue a la cocina, llevando la taza vacía. García quedó inmóvil, los ojos entrecerrados, los labios apretados para que no le temblaran. ¡Ora sí que me creció…! Y junto a la ventana, para que lo vean bien esos pinches rusos. ¿O será una señal que les haciendo? Pero, ¿señal de qué?

Se puso de pie y fue a la ventana. En la fachada del hotel frontero buscó el cuarto desde el cual lo pudieran estar espiando, pero no logró ver nada.

—Aquí tiene más café, Filiberto. ¿Quiere otro coñac?

—Gracias, ya no.

—Siéntese a tomar su café. Ha de estar muy cansado…

—Martita… No debe hacer esas cosas. No crea que estoy tan viejo que ya no siento.

Marta rio.

—Me hubiera enojado mucho si no hubiera sentido algo. Ya le he dicho que no soy una niña y… y desde el primer día que lo vi en la tienda… ¿Se acuerda lo que me dijo? "¿Me recibe una carta, preciosura?"

—Si me la escribe en chino, don Filiberto.

—¡Se acuerda! ¡Se acuerda! Desde ese día empecé a pensar en usted… a imaginar fantasías…

—¿Qué fantasías, Martita?

—… y a hacer preguntas. Y entonces fue cuando me

dijeron que usted era de la policía y que... que tenía fama de haber matado a mucha gente...

Hubo una pausa larga.

—Eso es cierto, Martita.

—Como a los dos hombres anoche, dos hombres criminales que lo quisieron matar sólo porque está cumpliendo con su deber.

—La cosa no es tan fácil, Martita.

—Y ahora sé que yo tenía razón, que es bueno y que lo quiero y que lo voy a querer siempre. No le pido nada, Filiberto, nada. Bien sé que no tengo derecho a pedirle nada...

—Puede pedirme lo que quiera, Martita.

—Usted no sabe lo que es tener miedo, tener siempre miedo. Desde que me acuerdo, he tenido miedo. Y cuando se tiene miedo, cuando todo está lleno de ese miedo, no se puede querer. Usted es muy valiente y no sabe lo que es eso, pero es horrible... Tener siempre miedo y soledad...

—Sí, Martita, lo sé, todos tenemos miedo a veces y todos estamos solos.

—¿Nunca se ha casado?

—¿Quién quiere que se case con un hombre como yo, Martita? ¿Con mi... mi oficio?

—Muchas mujeres. Usted no sabe lo bueno que es, el bien que hace en el mundo. En estas últimas semanas, vivía tan sólo para esperar que fuera a la tienda del señor Liu y que me hablara. Y ayer..., ayer pensé que no podía seguir viviendo en esa forma, sumida en todo ese miedo y esa soledad. Cualquier cosa era mejor que eso... mejor que estar sin usted. Y por eso me salí mientras cenaba con el señor Liu, a esperarlo en la calle y a decirle la verdad. ¿Hice mal?

—Hizo bien, Martita.

—Y no me he arrepentido de haberlo hecho ni me voy a arrepentir nunca. Por primera vez, porque usted está aquí, vivo sin miedo… porque ya sabe toda mi verdad… porque puede hacer conmigo lo que quiera y yo lo acepto…

—Martita, yo también le quiero decir que…

Sonó el teléfono:

—¿García?

—Sí.

—La persona con la que hablamos ayer lo quiere ver lo más pronto posible.

—Es que…

—Ya sale un coche de la oficina por usted. Espérelo en la puerta.

—Pero es que, mi Coronel…

—Espérelo en la puerta.

Colgó.

—¿Tiene que salir?

—Sí.

—Pero no es justo eso. Está muy cansado, casi no durmió anoche, sentí cuando salía a eso de las seis de la mañana…

—Fui al baño turco. Adiós, Martita.

—¿Le preparo algo de cenar?

—No sé a qué hora vuelva, Martita. Acuéstese en la recámara y…

—Lo espero aquí en la sala.

—No sé a qué horas vuelva. Acuéstese y mañana hablaremos.

Fue a la recámara, tomó su sombrero y volvió a la sala. Marta lo abrazó y lo besó en la boca. El beso fue más largo. ¡Ora sí que me creció! Yo haciéndole al maje, al muy paternal, hasta que ella tuvo que decírmelo. Como maricón. ¡Ay, no me diga eso que me pongo

110

colorado! ¡Maricón, pinche maricón! Si me tiene bien chiveado. Y los rusos viéndolo y oyéndolo todo. Y yo de muy paternal y ella con ganas de entrarle. ¡Y el pinche Del Valle! Cuando ya se me estaba haciendo. ¡Y luego que nunca se me ha hecho con una china! Y luego que me trae medio jodido, no como las otras. Capaz y todas las chinas son así. O capaz que ando fuera de mi manada. ¡El gringo, el ruso y Martita! Todos de otra manada. Muy profesionales, de mucha Mongolia Exterior y de a mucha intriga internacional. Y yo que no soy más que industrial, fabricante de muertos pinches. Y Martita. ¡Jíjole! Ora sé que hasta los de huarache me taconean. Y yo sin agarrar la onda. Como que ya no entiendo nada de lo que pasa. Me lo tienen que decir todo bien clarito. ¡Éntrele viejo pendejo, no se ande con puras palabritas! Pero luego, tanto amor de Martita como que huele a gato encerrado. ¡Pinche Martita! Me hace hacer cada pendejada…

El señor Del Valle lució toda la bondad de su sonrisa. García le contó, en edición debidamente espulgada, lo que había sucedido la noche anterior y lo de los billetes de cincuenta dólares. Del Valle quedó pensativo.

—Eso, señor García, parece indicar que hay algo de cierto en los rumores que nos han llegado.

—Eso mismo creo, señor Del Valle —dijo el Coronel.

—Pero tan sólo son indicios, Coronel, tan sólo indicios y, en un caso tan grave, hay que esclarecer todo. Y tenemos tan sólo el día de mañana.

—Estamos haciendo todo lo posible, señor Del Valle. Aparte de la investigación de García, tenemos doble vigilancia en las fronteras, en los hoteles…

—La vida de dos presidentes está en peligro, Coronel. Creo que deberíamos aprehender a ese chino Wang.

García habló:

—Creo que es mejor dejarlo y vigilarlo. No creo que sea la cabeza del asunto, pero nos puede llevar a la cabeza.

—¿Qué opina, Coronel?

—García tiene tazón. Ya he ordenado que se le vigile día y noche, sin que se dé cuenta.

Del Valle se volvió hacia García. La sonrisa política perfecta había vuelto a sus labios.

—Lo felicito, señor García. Claro está que siento mucho el haberlo puesto en peligro y en la necesidad de matar a esos dos hombres. Matar es algo que me repugna…

—Fue necesario, señor Del Valle —dijo el Coronel.

—Sí, sí, lo comprendo. No estoy haciendo un reproche, pero no estoy acostumbrado a este tipo de cosas… volviendo a lo que decía antes, lo felicito, señor García. En menos de veinticuatro horas nos ha proporcionado los suficientes datos para aclarar las sospechas que teníamos. Muy buen trabajo, muy buen trabajo.

García quedó en silencio. Tenía el sombrero sobre las piernas, la mirada fija en la nada.

—Después de su brillante investigación, señor García, creo que podemos afirmar que se está utilizando dinero que proviene de la China comunista para… para llevar a cabo un atentado en México.

—Así parece ser, señor Del Valle —dijo el Coronel.

—Y una cantidad de dinero así, más la inmediata acción que tomaron en cuanto se dieron cuenta de que el señor García estaba investigando, nos demuestra que se trata de algo muy grave. El hecho mismo de que intentaran matar al señor García, miembro de la policía de México, nos comprueba, a mi juicio sin lugar a duda, que las sospechas que teníamos son ciertas.

Hubo un silencio. El Coronel jugaba con su encendedor de oro. García seguía viendo hacia la nada. ¡Jíjole!

Si por cada changuito que quiere matar a un policía en México, se va a formar un complot internacional, estamos jodidos. Sin ir más lejos, si por cada changuito que me quiere dar mi llegadita… ¡Jíjole! Aquí hay gato encerrado.

El señor Del Valle dijo:

—Señores, creo que podemos dar por seguro que existe un complot, originado en la China comunista, para asesinar al señor presidente de Estados Unidos durante su visita a nuestro suelo.

Se volvió a todos lados a ver el efecto de sus palabras. El Coronel seguía jugando con el encendedor. García veía la nada.

—Es inútil agregar, señores, que con este complot, no tan sólo está en peligro la vida del Presidente de Estados Unidos, sino la de nuestro primer mandatario y la paz mundial.

Hizo otra pausa. El Coronel seguía entretenido con su encendedor. García con la nada.

—¿Qué opina usted, señor Coronel?

—Ha analizado la situación perfectamente, señor Del Valle.

—Eso creo. ¿Y usted, señor García?

—Tal vez.

Del Valle, que tenía lista su réplica laudatoria, quedó indeciso. Iba a decirle algo a García, pero se volvió hacia el Coronel.

—Hay que triplicar las precauciones. Al señor presidente no le gustaría verse en la necesidad de usar un automóvil blindado, pero tampoco podemos olvidar que ese tipo de automóvil debió usarse en Dallas.

—Comprendo, señor Del Valle.

—Y aunque usemos ese automóvil, que será necesario si no logramos desbaratar este complot antes de pasado mañana, de todos modos quedan algunos momentos de intenso peligro. Pienso especialmente en el momento de la inauguración de la estatua en el parque. Claro está que hemos investigado todos los edificios que lo rodean y he ordenado que se ponga gente segura en los balcones, pero siempre queda el peligro…

—Es cierto, señor Del Valle —dijo el Coronel.

Tenía los ojos semicerrados, fijos en el encendedor al cual daba vueltas entre los dedos. El señor Del Valle se volvió hacia García, la expresión profundamente seria:

—Por lo tanto, señor García, verá usted la importancia que tiene para nosotros, para todos los mexicanos, el localizar cuanto antes a esos agentes de China comunista y liquidarlos. ¿Se da cuenta de ello?

—Sí.

—Creo que los pasos que se han dado son importantes. ¿Qué otras medidas ha planeado?

—Esta noche, dentro de unos minutos, nos veremos con el ruso y el gringo en el Café Cantón.

—¿Cree usted que sea prudente eso?

—No. Pero es necesario. Si esos… esos chinos se traen algo, hay que provocarlos a que actúen.

Del Valle se puso de pie. Este changuito nos va a soltar un discurso sobre la Patria y la lealtad a las instituciones. ¡Pinche lealtad!

—Señor García, en sus manos está el asunto y, permítame que se lo diga, admiro su valor, ya que estoy seguro se ha dado cuenta de que con esa actitud, está poniendo en peligro su vida.

—Es necesario, señor Del Valle —dijo el Coronel.

García se puso de pie.

—Tengo que retirarme.

—Lo comprendo, lo comprendo —dijo Del Valle—. Pero antes de que salga de aquí, señor García, quiero decirle que admiro su valor. Esta gente, al parecer, va en

serio, como lo demuestran los acontecimientos lamenta-
bles de anoche…

—Nosotros también estamos en serio —dijo el Coronel, poniéndose de pie.

El señor Del Valle se acercó a García:

—Señor García, permítame que le estreche la mano.
La nación está orgullosa de usted. Su heroísmo, porque
eso es, heroísmo, tiene que quedar en silencio, pero la
nación y el señor presidente lo sabrán agradecer. Que
tenga mucha suerte.

—Gracias. ¿Hay algo más, mi Coronel?

—No… que tenga suerte, García.

García salió. Aún pudo oír cuando el señor Del Valle
comentaba:

—Un hombre rudo, como los grandiosos Centauros
del Norte que hicieron la Revolución…

¡Pinche señor Del Valle! De a mucho discurso de
fiestas patrias y toda la cosa. Ruda sería su madre, desgraciado. Yo sólo soy pistolero profesional, matón a
sueldo de la policía. ¿Para qué tantas palabritas? Si lo
que quiere es que me quiebre a los chinos, que lo diga.
¡Pinches chales! De todos modos le tengo ganas al chino
Liu. Como que me madrugó, el fregado. Y ora haciéndole al Centauro del Norte. Si soy del mero Yurécuaro,
Michoacán, hijo de la Charanda y de padre desconoci-
do. Y si no les gustó, vayan todos, absolutamente todos
y chinguen a su madre. ¡Pinche Charanda! Y Martita
allí en mi casa, viéndome la carota. De a mucho beso y
papacho, pero viéndome la carota. Capaz y si en vez de
aprender a matar, aprendo a echar discursos, sería como
Rosendo del Valle. Muy nalgais. O sería como el pinche
Licenciado, gorrón de copas. Y ahora la nación me lo va
a agradecer. ¿Y yo qué le agradezco a la nación? Como
decía aquel paisano de Michoacán: "Si de chico fui a la

escuela / y de grande fui soldado / si de casado cabrón / y de muerto condenado / ¿Qué favor le debo al sol / por haberme calentado?"

Ni Graves ni Laski estaban en el Café Cantón. El chino Wang atendía la caja y cuatro chinos jóvenes el mostrador. Sólo uno de ellos levantó los ojos para ver a García, pero su cara no denotó sorpresa alguna. Tan sólo se fue acercando a la caja, como entregado a sus ocupaciones, y habló rápidamente con el viejo Wang y desapareció hacia donde parecía estar la cocina. García se sentó en uno de los apartados y pidió una cerveza. Estos pinches chinos ya se están poniendo nerviosos. Como que estuvo bueno venir acá, para ver qué hacen. Y a ver si no me sale el ánima del Sayula. ¡Pinche señor Del Valle! "Me repugna matar." Pero cuando era gobernador de su estado, se traía a todos de un ala. Allí se llevó, como Jefe de Operaciones, a mi general Miraflores. A poco también ése resulta con que le repugna matar. Se me han puesto todos muy seriecitos. La Revolución hecha gobierno. ¡Pinche Revolución y pinche gobierno!

Laski apareció en la puerta. Por poco no lo veo. Este pinche ruso como que se funde con las gentes y las cosas. Y ahora trae los ojos más tristes que nunca.

—¿Viene Graves?

—Sí.

—Voy a pedir un vaso de leche.

—¿A poco en su tierra no tienen leche?

—¡Claro que sí! En Rusia tenemos de todo, absolutamente de todo.

—Como Rusia no hay dos.

—Naturalmente, Rusia es…

—Lo estaba vacilando, amigo Laski. ¿Qué novedades tiene? ¿No han llegado nuevos rumores de la Mongolia Exterior?

—Ja, ja, ja… Es usted formidable, Filiberto, verdaderamente formidable.

—Mientras llega Graves voy a hablar por teléfono. Con permiso.

Se levantó y fue al teléfono. Wang no alzó los ojos para verlo, pero uno de los chinos jóvenes lo vigilaba. El chino que había desaparecido, no regresaba aún.

Le contestaron de la cantina de La Ópera y a los pocos momentos estaba hablando con el Licenciado:

—¿Qué pasó?

—Dialtiro ni la friega, Capi. La gringa me echó fuera, no me dejó ni acabar la botella de ron. Dijo que tenía un party con usted y se iba a arreglar. ¿Qué hay de mis trescientos pesos?

—Doscientos cincuenta.

—¿Qué hay de ellos?

—Mañana.

—La gringa está segura de que va a regresar esta noche, mi Capi.

—Puede que regrese.

—Está reaguada.

—Hasta mañana.

Colgó el teléfono y volvió a la mesa. Ya Graves estaba allí, sentado frente al ruso. García se sentó junto a Graves.

—¿Ya se conocían?

—Sí —dijo Graves—. Hace mucho tiempo.

—Por desgracia —dijo Laski— no podemos decir que en todo ese tiempo haya florecido una verdadera amistad.

Graves rio con su risa de turista:

—Iván Mikailovich trató de matarme en Constantinopla el año de cincuenta y siete.

Los ojos de Iván Mikailovich se entristecieron aún más:

—Un trabajo muy mal planeado, muy mal planeado. No hubo tiempo de preparar algo seguro.

El recuerdo del fracaso parecía dolerle profundamente. Graves interrumpió las memorias:

—No he podido conseguir los números de los billetes. El Banco de Hong Kong y, yo diría, hasta las mismas autoridades inglesas en la Colonia, no han querido cooperar.

El ruso sonrió. Parecía estar satisfecho.

—Los aliados y amigos no son tan amigos como parece —dijo.

Graves no hizo caso a la interrupción:

—Sin embargo, podemos asegurar que se hizo esa transacción. Un agente nuestro, en Kowloon, lo confirma.

—¿Dudaba de mis informes, amigo Graves?

—Sí, Iván Mikailovich. Cuando la policía rusa nos hace un regalo, lo estudiamos muy bien antes de aceptarlo...

—A caballo dado, no le mires el colmillo —dijo el ruso.

—Los troyanos debieron verlo —dijo Graves—. La transacción se hizo hace nueve días. Se exigió el dinero en billetes de cincuenta dólares americanos y lo recogieron entre varios hombres, tanto chinos como occidentales. Si insistimos, y vamos a insistir, podemos conseguir los números, pero no antes de unas dos semanas...

—Cuando ya sea tarde —dijo García.

—Efectivamente, ya será tarde. Pero hay que saber todo. Aunque sea para ver la extensión que tenía el complot y echarle la mano encima a todos los complicados.

—Me parece que son demasiados para un asunto así —dijo García.

—Los chinos, cuando hacen algo, lo hacen en grande —dijo el ruso—. Allí todo es grande.

—Pero es demasiada gente —insistió García—. Un atentado como éste se prepara entre dos o tres personas, a lo más.

—También he pensado en esto —dijo Graves.

Laski saboreaba lentamente su leche. Graves, después de sus experiencias con el café, tomaba una cerveza, lo mismo que García.

—Todos los chinos de este café, por ejemplo, parecen estar en el asunto —dijo García—. Es raro pensar que un atentado de esta magnitud se organiza con meseros de café.

—¿No estaremos investigando por una senda equivocada, amigo Iván Mikailovich?

—No sé, Graves. Estamos investigando y eso es todo. Ya debe haber aprendido que en nuestra profesión se investiga para llegar a una verdad desconocida. Cuál sea esa verdad no nos importa, y si la supiéramos de antemano, ya no tendría caso investigar.

—Sólo ejecutar —dijo García.

—Exactamente Filiberto, sólo ejecutar. Y ahora se nos ha dado el encargo de investigar tan sólo, porque aún no llega el momento de ejecutar.

El cuarto chino regresó de los interiores del café y se colocó en su sitio, atrás del mostrador. Habló unas palabras con Wang y se dedicó a su trabajo. Ni una sola vez alzó los ojos para ver a los tres hombres en el apartado.

—Por cierto, Filiberto —dijo de pronto Laski—, he dado órdenes para que dejen de vigilarlo, lo mismo que a usted, amigo Graves.

—Yo también lo he hecho —dijo Graves—. Lo que dijo el señor García era completamente cierto. Ya esto parecía un juego de niños. Así se lo dije a mis jefes… Les dije que usted, García, nos había señalado ese error. Quedaron muy impresionados.

—Gracias.

—¿Qué vamos a hacer esta noche? —preguntó Laski—. Si se trata tan sólo de reunirnos en forma social…

—Los chinos están preocupados, Iván Mikailovich.

—Claro está —dijo Graves—. Es casi imposible investigar a alguien sin que se dé cuenta. Esta tarde hubo mucha actividad en las bodegas. Me gustaría que se investigaran…

—Puede que se le haga el gusto —dijo García—. Para eso estamos aquí, para ver que hacen éstos.

—Podrían organizar nuestra muerte —dijo Laski—. Nunca me ha gustado ser cebo en una trampa.

—No, ¿verdad? Pero ahora lo somos, Iván Mikailovich.

—Estoy de acuerdo con García. No tenemos tiempo para obrar de otra manera y lo mejor es provocarlos para que actúen ellos.

Uno de los chinos jóvenes salió de atrás del mostrador y se acercó a la mesa. Era un hombre joven, fuerte, de cara impasible.

—¿Algo más, señoles?

García alzó los ojos para verlo fijamente. El chino no bajó la mirada.

—Estamos hablando —repitió García con voz dura.

El chino se encogió de hombros, fue a la puerta y se apoyó en ella sin dejar de verlos. Este chale se anda buscando un mal golpe o anda provocando. Capaz y ya quieren que nos vayamos. Han de querer que nos vayamos, pero para el carajo. Y este gringo no deja de sonreír como pendejo. Y el ruso parece que va a llorar. ¡Pinche Mongolia Exterior! Hay que darles otra oportunidad a estos pinches chales.

—Voy al baño —dijo, levantándose.

Fue al fondo del café y entró al baño y se acercó al

caño del mingitorio. Ora sí, si quieren algo en serio, me van a venir a buscar y ya veremos de qué cuero salen más correas. Cuestión de darles tiempo. Al cabo tiempo es lo que sobra en esta pinche vida. Y Martita muy dormidita en mi cama y yo haciéndole aquí al maje. Ora sí que van a decir que me agarraron con los calzones en la mano.

Sintió que la puerta se abría y entraban gentes. No se volvió a ver quiénes eran. No más que me vayan llegando, queditito, como para acercarse a los patos en la laguna. Mientras no me den una cuchillada por la espalda. ¡Pinches cuchilleros! Que se vayan confiando…

Una voz dijo algo en chino, rápidamente. García se volvió entonces, la cuarenta y cinco en la mano. Tenía a un hombre de cada lado. Uno, con la mano abierta, le golpeó la muñeca y la pistola cayó al suelo. El otro le saltó encima y le tomó el cuello con el brazo, ahogándolo. En ese momento, cuando ya veía todo acabado, se abrió la puerta. Era Graves, sin anteojos, y era también una especie de torbellino. Con un salto enorme, cayó con los pies en la espalda del que oprimía el cuello de García. El otro se le echó encima, pero con un tajo de la mano en la frente, lo hizo retroceder, atarantado. García, ya libre, remató al del tajo con una bofetada en la cara que le desbarató las narices. Mientras, Graves le ponía una llave al otro y lo hacía caer de rodillas, los ojos desorbitados, la cara sudorosa. Graves, con la mano abierta, le dio un golpe en el cuello, sobre la nuez. El hombre lanzó una exclamación ahogada y se dejó caer en el suelo, la cabeza dentro del caño del mingitorio. El otro, las narices sangrantes, abrió otra puerta y salió huyendo. García recogió su pistola y la guardó en la funda, después de ver que no se hubiera maltratado. Graves sonreía como siempre, al ponerse los anteojos.

—Me imaginé a qué venía acá, García, y estaba pendiente.

—Gracias.

—Tenía razón. Hemos despertado el temor en estos chinos y eso es muy revelador.

—Sí.

—Laski quedó en la mesa, para que no se alarmen los otros. Han de creer que ya nos tienen prisioneros o lo que quisieran hacer con nosotros. ¿Y ahora?

—Ahora salimos como si no hubiera pasado nada y nos vamos. Ya les dimos el recado. Diré a la policía que vigile el lugar.

Ante el espejo roto y sucio se alisó el cabello que estaba desordenado y se acomodó el pañuelo en la bolsa del pecho. El chino que estaba tirado en el suelo, empezaba a moverse.

—¿Qué hacemos con éste, García?

—Déjelo, Graves. Es segundón, no nos interesa.

Acabó de acomodarse la ropa y salió seguido por Graves. Parecía como si tan sólo salieran del baño. Los chinos del mostrador los vieron sorprendidos. Wang alzó los ojos y se quedó un instante como petrificado. Laski seguía en la mesa, como si no se diera cuenta de nada, pero tenía la mano puesta dentro del saco, sobre la culata de la pistola. García caminó directamente a la caja:

—La cuenta de esa mesa.

Wang lo vio con pánico en los ojos. Sumó rápidamente en un ábaco y dijo.

—Siete pesos.

—Tome. Le da los otros tres pesos al que cuida el baño, para ver si lo cuida mejor. Está sucio.

Laski y Graves se le habían reunido, Laski llevando su sombrero. García lo tomó y se lo puso.

—Gracias —dijo.

Salieron del café.

—Mi coche está enfrente —dijo Graves.

Cruzaron la calle y se subieron al coche, un Buick de color oscuro. Los tres se acomodaron en el asiento de adelante.

—Vamos a la calle de Guerrero —dijo García—. ¿Sabe dónde está?

—Sí. ¿Qué hay allí?

—Vamos a ver a una paisana suya, Graves. La viuda de Roque Villegas Vargas. Tal vez a usted le diga más cosas, por ser paisano.

Les contó lo de Anabella.

—Tal vez usted, con la amenaza de quitarle el pasaporte americano, le puede sacar la verdad.

—Vamos.

—Pero antes hay que hablar por teléfono.

—Tengo radio en el coche y puede comunicarse…

—Prefiero un teléfono callejero, sin ganas de ofenderlo. Pare allí, en esa tabaquería.

—Yo cuido que no nos sigan —dijo Laski—. Ya decía que no era bueno ser cebo en una trampa…

Sus ojos se habían vuelto tan tristes como su voz. García bajó del coche y pidió el teléfono.

—Habla García, mi Coronel…

—¿Qué quiere? No hace ni una hora que se fue…

—Estuve con los amigos en el Café Cantón.

—¡Qué bien!

La voz del Coronel tomaba ese tonillo de burla y superioridad que usaba a veces.

—Tuvimos un altercado…

—¿Estaban borrachos?

—No, mi Coronel. Pero no nos quieren allí. Y parece que ha habido mucho movimiento en las bodegas de

Nonoalco, donde tiene su mercancía Wang. Tal vez allí esté la lana…

—Voy a investigarlo.

El Coronel colgó la bocina. ¡Jíjole! Se le habla de esa lana y ni siquiera tiene tiempo para decir adiós. Ya ha de haber salido como alma que lleva el diablo. Y yo haciéndole al maje. Debí dejar a éstos con su intriga internacional y echarme tras de esa lana. ¡Pinche intriga internacional! Quinientos mil verdecitos. Ora sí se puso buena la cosa. Y yo haciéndole a la Mongolia Exterior. ¡Pinche Mongolia Exterior!

Se subió al coche.

—No nos sigue nadie —dijo Laski—. Creo que Graves dijo la verdad por una vez y ya no tiene hombres vigilándonos.

—Yo siempre digo la verdad —dijo Graves—. Por lo menos cuando conviene decirla. Y hay ocasiones en que se da ese caso.

—No muchas —dijo el ruso—, no muchas.

—¿Van a vigilar las bodegas? —preguntó Graves—. Es importante.

—Sí. Vamos.

García tocó en la puerta del departamento 9. No abrió nadie.

—Probablemente ya voló el pájaro —dijo Laski.

—No creo —dijo García—. Tenía demasiada ilusión por recoger ese dinero y el coche. ¿Quién abre la puerta?

—Es fácil —dijo Graves—, pero me gustaría estudiar el sistema de nuestro colega soviético. Alguien me ha dicho que para él no hay cerraduras ni cajas fuertes inviolables.

Laski sonrió satisfecho y se inclinó sobre el picaporte.

—Muy corriente. Pero creo que faltamos a las reglas de la urbanidad. Debemos dejarle este trabajito a nuestro amigo Filiberto, que es nuestro anfitrión.

—Hágalo, Iván Mikailovich…

—No, no sería cortés. En congresos internacionales, y éste es uno, el representante del país que invita es siempre el presidente. Proceda, Filiberto, sin pena.

García tomó el picaporte y le dio vuelta con la mano. La puerta se abrió.

—No la cerraron con llave —dijo Graves.

Entraron y García encendió la luz. La sala comedor estaba en el mismo desorden. Sólo había una cosa diferente. El cadáver de Anabella Ninziffer, de Wichita Falls, alias Anabella Crawford, estaba tirado sobre el sofá. Alguien la había estrangulado con un cordón eléctrico. Laski se acercó a tomarle el pulso.

—No hace mucho tiempo. A lo más dos horas…

—Y el que la mató —dijo García— dejó la puerta abierta, como si pensara en regresar.

—¿A qué había de regresar? —preguntó Graves—. La mataron para que no hablara y eso es todo.

—Pero también han de haber pensado que no conviene dejar el cadáver a la vista y que es mejor esconderlo. La policía se imaginaría que había huido.

Entró a la recámara. Toda la ropa de Anabella estaba metida, sin orden, en una maleta sobre la cama.

—Tal vez ella pensaba irse —dijo Graves.

—No hubiera empacado su ropa así —dijo Laski, que se había asomado también a la puerta—. Las mujeres, sobre todo si son artistas, cuidan su ropa.

—Pensaban llevársela más tarde —dijo García. Volvieron a la sala. Graves la recorrió rápidamente con los ojos.

—¿Qué hacemos? ¿No sería bueno notificar a su policía?

—Mejor es esperar a los que la mataron. ¿No cree, Iván Mikailovich? —preguntó García.

—Hay que apagar la luz y cerrar la puerta, como la dejaron ellos o él.

García cerró la puerta y apagó la luz. Por la ventana abierta entraba la claridad de la calle y la luz rojiza e intermitente de un anuncio luminoso. Cuando se encendía, se iluminaban los ojos abiertos de Anabella. Se sentaron en el comedor, cerca de la ventana desde la cual pudieran vigilar la calle.

—Si tuviera los ojos cerrados, parecería borracha —dijo Laski—. Nunca me han gustado las mujeres borrachas.

—Probablemente estaba borracha —dijo García—. Tal vez ni se dio cuenta de lo que le iba a pasar. No parece haber luchado.

—No es fácil estrangular sin lucha —dijo Graves.

—El cordón eléctrico es muy efectivo. ¿No le parece, Filiberto?

García iba a decir que nunca lo había usado, pero se acordó de un caso. Fue en la Huasteca, cumpliendo una orden. Diablo de viejo aquel más encanijado, que se pasaba el día en su mecedora en el portalito de la casa. Y el jefe dio la orden. Lo agarré por la espalda con un cable de la luz. Habían dicho que no había que hacer escándalo, así que esperé que estuviera tardeando, como a las siete de la noche. Cuando se estuvo quieto lo metí en un ataúd que habíamos traído para eso y tomamos el camino para salir del pueblo. Para llevar a un muerto con discreción no hay nada mejor que un ataúd. Un peón que venía por la calle con su yunta, hasta se quitó el sombrero al ver el ataúd. Y de pronto, en una esquina, el pinche viejo empezó a dar de patadas. Como que quería llamar la atención. Hubo que bajar el ataúd, abrirlo y darle su requintadita con el mismo cordón. ¡Pinche viejo más escandaloso! Se llamaba Remigio Luna.

Graves dijo:

—No todos luchan. En Viena, hará cuatro años, tuve la necesidad de liquidar a un agente. Creo que era su colega, Iván Mikailovich. Le di un tirón fuerte. Primero me había envuelto las manos en pañuelos para que no se me lastimaran. Ni se movió. Sólo hizo un ruido como si estuviera haciendo gargarismos.

—Era Dimitrios Micropopulos —dijo Laski—. Un hombre muy efectivo a veces, pero de temperamento inestable y bastante inclinado a las traiciones, como todos los levantinos.

—Ése era —dijo Graves—. Agente doble…

Se levantó y cubrió con un periódico que estaba tirado en el suelo la cara de Anabella. Ahora, la luz del anuncio iluminaba con tonos rojizos la fotografía de Roque Villegas, ya muerto, impresa en la primera página del periódico.

—Un colega chino —dijo Laski de pronto—, hace algunos años…

—Cuando los rusos eran sus amigos —dijo Graves.

—Sí. Llevaba siempre en la bolsa un cordón delgado de seda. Decía que era lo más efectivo. Una vez le pregunté que por qué no usaba nylon, pero me dijo que el nylon se estira un poco con la presión y no se tiene tanta efectividad como con la seda. Creo que lo hacía sólo por reaccionarismo chino.

—¡Era Sing Po! —exclamó Graves—. Nunca he sabido dónde fue a parar. Lo encontré una vez en Seúl, pero se me perdió…

—Resultó que el cordón de seda no era tan seguro. Lo quiso usar una vez de más, cuando no debía. Le metí el cuchillo en el estómago. Fue en Constantinopla…

—Vaya, vaya —dijo Graves.

Quedaron en silencio. Hombres que sabían esperar.

—Me han dicho, García, que usted siempre usa pistola cuarenta y cinco.

—Un tiempo usé treinta y dos veinte, pero la bala es delgada y no para de golpe. Un cuate, con tres balas dentro, por poco y me da una cuchillada.

—Yo prefiero la Lugger alemana —dijo Laski.

—Nosotros, por lo general, usamos el revólver —dijo Graves—. No hay más que seis tiros, pero son seguros. Además, rara vez se tiene la ocasión de usarlos todos. Por lo general, basta con uno.

—La Lugger, al igual que la escuadra americana —dijo Laski—, tiene que estar siempre muy limpia. Pero si las cuida uno bien son muy efectivas. Durante un tiempo, en Canadá, tuve que usar una cuarenta y cinco americana, amigo Graves, y debo confesar que me dio muy buen servicio.

—Gracias —dijo Graves—. Yo he tenido ocasión de usar una subametralladora rusa y le puedo asegurar que es un arma formidable.

Quedaron en silencio. Anabella Ninziffer enseñaba demasiada pierna. ¡Pinche gringa! Ora sí que le estamos haciendo al velorio. ¿Y de qué murió la difuntita? Pues le pegó una calentura. ¡Uy, calentura la de mi Calixto! ¡Su difunta apenas si tendría destemplanza! Pero se murió. Con un mecate de la luz enredado en el pescuezo. Y con las piernas de fuera. Estas gringas hasta para morirse son medio indecentes. Conque vamos a tener un party. ¡Velorio, vieja pendeja! Medio millón de dólares para matar a este redrojo. Están fregados esos chales.

—Amigo García —dijo Graves—. ¿Cree usted que quede algo de ron?

—Tal vez en la cocina.

—Ojalá y hubiera leche en el refrigerador —dijo Laski—. Los americanos siempre tienen leche. Son grandes tomadores de leche.

García se puso de pie. Sea como sea estamos en México y yo como que le tengo que hacer al dueño de la casa. ¡Pinche casa! Aquí tiene usted su pobre casa y allí tiene su pinche muerto.

En la cocina encontró una botella de ron y en el refrigerador varias de cerveza, pero nada de leche. Llevó el ron y dos cervezas al comedor.

—No hay leche.

—Eso es lo malo de civilizar a los americanos —dijo Laski—. Antes, en casa de uno de ellos, nunca faltaba la leche, pero en las dos guerras han aprendido a beber mejor y ya no consumen leche. Al civilizarlos, hemos perdido mucho. Deme una cerveza, Filiberto.

Graves tomó la botella de ron y le echó un trago, mientras García y Laski saboreaban sus cervezas. Siguieron esperando. Su oficio era esperar, para poder matar con seguridad. Las piernas de Anabella Ninziffer se destacaban blancas en la oscuridad. García se levantó y las cubrió con otro pedazo del periódico. ¡Pinche gringa! Y el Graves toma y toma y no se emborracha. Para mí que ése nunca se ha emborrachado. Y es bueno para el karate. Cuando muchacho debí aprender eso, pero había otras cosas que aprender, como eso de seguir viviendo.

Siguieron esperando.

—El ron mexicano es muy bueno —dijo de pronto Graves.

—Gracias —dijo García—. ¿No quiere otra cerveza, Iván Mikailovich?

—Sí, por favor. Y perdone que no vaya por ella, Filiberto, pero no me gustaría darles la espalda en la oscuridad.

García fue por otras dos cervezas. ¡Pinche ruso más desconfiado! Y, ¿en qué estarán pensando esos dos? ¿En los fieles difuntos? Éstos no tienen conciencia. Son gringo y ruso. No tienen conciencia.

Pero bien que el gringo le tapó los ojos a la muerta. Le estará recordando a alguna que él hizo. ¡Pinche gringo! ¡Y de a mucho Viena y Constantinopla! Como viéndome la carota.

—Aquí tiene su cerveza, Iván Mikailovich.

—Gracias, Filiberto. Me va a hacer mucho daño…

García se sentó. Buscó con la mano la cuarenta y cinco que había dejado en la silla junto a él. Hay que estar aguzado en lo oscuro. Sobre todo con estos cuates.

—No crea que somos desconfiados, Filiberto, pero no me gusta que tenga la mano sobre la pistola.

—La oscuridad —dijo Graves—, se presta a malos pensamientos.

Siguieron esperando. Nadie ha dicho, como en todos los velorios, que la difunta era muy buena. Capaz y que hasta en mi velorio digan eso. Martita lo dice. Y está acostada en mi cama y yo aquí haciéndole al importante en la intriga internacional. Con estos dos cuates más desconfiados que un tejón. Y ora salen con que la oscuridad les da malos pensamientos. ¿Tendrán buenos pensamientos? La primera en la frente, para que nos libre Dios de los malos pensamientos. Así me enseñaron a decir en la doctrina en Yurécuaro. Estos cuates deberían hacer la primera en la frente. Pero para mí como que no se persignan. Y el que no conoce a Dios, a cualquier pendejo se le hinca. La primera en la frente, la primera bala, para que ni se bullan. Como aquél en Tabasco. Daba unos saltos como lagartija descabezada. La primera fue en la frente, como todo fiel cristiano.

Fuera bueno rezarle a la difunta, pero ya no me acuerdo qué se rezaba en los velorios. Es raro que yo no vaya nunca a velorios. Tal vez por aquello de que uno hace el muerto y otro le reza.

Laski habló de pronto. Su voz era baja, como la del que habla frente a un cadáver.

—Aunque parezca raro, a veces pienso en la muerte.

Graves se rio.

—Es que a todos nos ha de llegar —insistió Laski—. Nos acostumbramos a verla en otros, pero hay que acordarse de que nos va a llegar un día de éstos.

—El que a hierro mata, a hierro muere —dijo Graves—. Eso está en la Biblia.

—Sí —dijo Laski—. Nosotros también estudiamos la Biblia en Rusia. Es un libro interesante. Y nuestros grandes escritores han tratado muchas veces el problema de la muerte.

—Y sus grandes gobernantes la han usado —dijo Graves.

—No se puede gobernar sin matar, amigo Graves. Eso lo han aprendido ya todos los pueblos. Por eso existimos nosotros.

—Para investigar —dijo Graves cortante.

—Y para matar cuando llega el momento —insistió nuevamente Laski, en voz baja—. Sí, para matar. Pero no pensaba en eso. Pensaba en la muerte que debe llegarnos. Matamos, pero no sabemos qué es morirse. Como si dijéramos, somos los porteros de la muerte, siempre quedamos fuera.

—Ustedes los rusos, por no sentirse discriminados, hasta quisieran ser el muerto.

—Pase usted a su muerte, le decimos a la gente. Pero nosotros nos quedamos fuera, hasta que nos llegue el día de pasar. Como si estuviéramos esperando el turno en la antesala de un dentista. Y en el fondo, estamos seguros de que no nos va a llegar ese turno, aunque sabemos que nos llegará.

—¿Tiene miedo a morirse? —preguntó Graves interesado.

—Sólo los que no saben nada de la muerte no le tienen miedo. Nosotros sabemos demasiado.

Siguieron esperando. Ora sí que me salieron filósofos éstos. A cada capillita le llega su fiestecita. Y por allí anda una bala que nos busca. O un mecate de la luz, como a esta pinche gringa. Y quién quita y sea una pulmonía. Murió en su cama, con todos los auxilios espirituales y la bendición papal. Jíjole. Como que no había pensado en eso. El Coronel va a morir en su cama, lo mismo que el Rosendo del Valle. Hay categorías de muertes y hombres en la categoría de muertos en su cama, con todos los auxilios espirituales. Derechito para el cielo. Para hacerle allá al angelito. Capaz y la gringa ésta ya tiene sus alas y su coronita. Aunque no murió en su cama. Y ésta debió morir en su cama, porque era lo que más usaba en la vida. Pero le tocó la de malas y se metió a mucha intriga internacional. Y Martita en mi cama. Tan buena que está y solita en mi cama. Y la gringa que quería dejar su vida de cuzca y hacerle a la intriga internacional. Y le hicieron al mecate de la luz y ni siquiera pudo regresar a la cama, que es lo único que sabía. Y cuando se dio cuenta, en vez de party tenía velorio. ¡Pinche gringa!

Siguieron esperando.

A eso de las cuatro de la mañana, un coche se detuvo frente a la puerta del edificio. Los tres se pusieron de pie. Graves se asomó cuidadosamente a la ventana.

—Bajan dos hombres —dijo—. Hay otro en el coche…

Laski y García se colocaron uno a cada lado de la puerta del departamento. García, primero, quitó los periódicos que cubrían a la muerta. Graves se quedó en el comedor, en la oscuridad. Los tres tenían las pistolas en las manos.

A los pocos momentos se abrió la puerta y entró un hombre y luego otro.

—No se muevan —dijo García.

Laski encendió la luz y cerró la puerta violentamente. Los dos visitantes eran chinos, uno del Café Cantón. Se volvieron lentamente y vieron a los tres policías, pistola en mano. En sus caras no se reflejó emoción alguna. Graves se adelantó y los esculcó. Uno llevaba una pistola y el otro un puñal.

—Es todo —dijo Graves.

Puso las armas sobre la mesa del comedor. Los dos chinos, con las manos en alto, no habían hecho el menor movimiento. Graves dijo:

—Hay que traer al que se ha quedado en el coche.

Salió rápidamente. Laski dijo:

—Siéntense en esas dos sillas, contra la pared.

Uno de los chinos dijo algo en cantonés. García le pegó con el cañón de la pistola en la boca. Le abrió los labios y empezó a manar la sangre.

—Cállense, y si hablan que sea en cristiano.

Laski dijo:

—Yo entiendo el cantonés.

—Por eso mejor hablamos todos en español. Siéntense.

Los dos chinos se sentaron.

—Le estaba diciendo a su compañero que no hablara.

—Pues que se lo diga en español. Y usted también, Iván Mikailovich, lo que tenga que decir, lo dice en español.

Los chinos, en sus sillas, estaban inmóviles, como dos antiguos emperadores en sus tronos. Graves abrió la puerta y entró arrastrando a otro chino, con la cara cubierta de sangre.

—No quería venir —dijo.

Sentaron al tercer chino. Graves les señaló el cadáver de Anabella.

—¿Por qué la mataron?

—Ella no tiene importancia —dijo el chino que había hablado en cantonés. Su español era impecable.

—¿Por qué la mataron? —preguntó García a su vez.

—Quería dinero.

—¿Por qué?

—Ella no tiene importancia.

—¿Y por eso la mataron?

—¿Cuánto dinero quieren? Les podemos dar dinero, mucho dinero. Más del que ha visto un policía mexicano en su vida.

—¿Cuánto dinero?

—Mil dólares, dólares americanos.

García le golpeó la cara con la mano abierta. El chino estuvo a punto de caer de su silla. Se incorporó y se limpió la sangre que le seguía escurriendo de la boca.

—Cinco mil dólares. Cinco mil dólares en efectivo a cada uno de ustedes.

—¿En billetes? —preguntó García.

—Sí.

—¿En billetes de a cincuenta dólares?

—Si quieren.

—¿Dónde está el dinero?

—Le luce bien el negocio, ¿verdad?

—Quiero ver el dinero.

—Se los daremos.

—Ahora.

—Sí.

—Pues venga.

—Debo ir por él.

—Chino pendejo. ¿Crees que te vamos a dejar ir?

—Le aseguro que tenemos ese dinero.

—Dónde.

—Lo tenemos. Uno puede ir. Dos se quedan.

—¿No puedes hablar por teléfono y decir que lo traigan?

El chino pensó un momento. Éste es el que manda, por lo menos a estos dos. Ni siquiera les pregunta. Y me huele a que es cubano. Conque "le luce bien el negocio". Ora sí se complica la cosa, si hay también cubanos en el negocio.

El chino dijo:

—Déjeme hablar por teléfono.

—Allí está, en la mesa, junto a tu amiguita.

El chino se levantó y fue al teléfono. Para poder alcanzarlo, hizo a un lado las piernas de Anabella. Marcó un número, Laski se colocó junto a él. Los tres observaban el disco del teléfono. Tres, cinco, nueve, nueve, cero, ocho. Cuando le contestaron, el chino habló rápidamente en cantonés. No rogaba. Parecía dar órdenes. De pronto colgó el teléfono y volvió a su silla.

—Estará aquí dentro de veinte minutos —dijo.

—¿Qué dijo, Iván Mikailovich?

—Habló con un tal Feng. Le dijo que trajera quince mil dólares en efectivo.

—¿Le dijo especialmente que fueran billetes de cincuenta dólares?

—No. Y además hubo una parte que no entendí bien. Parecía una clave.

—Le di la dirección de la casa —dijo el chino.

García se volvió hacia Graves:

—Amárrelos, Graves. Dicen que ustedes, en el FBI, toman clase especial de cómo amarrar gente.

Graves fue a la recámara y volvió con dos sábanas. Las hizo tiras y rápidamente amarró a los tres chinos. Parecían ahora momias a medio descubrir. Graves sonrió ante su trabajo.

—Es fácil —dijo—. Sobre todo si se les amarra a una silla. La misma postura les impide hacer fuerza. Y si hacen mucha fuerza se caen y quedan inutilizados.

—Muy interesante —dijo Laski—. Pero creo que alguien debe ir a la calle a vigilar la llegada del que esperamos. No vaya a ser que venga con algunos amigos.

—Viene solo —dijo el chino.

Laski tenía la Lugger en la mano, como si fuera algo que le repugnara.

—Yo creo que debería ir el señor Graves.

—¿Por qué no usted, Laski? —preguntó Graves—. Yo fui por ese hombre.

—Pero yo entiendo cantonés y aquí debe quedar alguien que entienda cantonés. El honor de vigilar la calle le corresponde, amigo Graves.

—Puedo vigilar desde la ventana —dijo Graves.

Se colocó de manera que pudiera ver la calle y no lo vieran desde afuera. Sin quitar los ojos de la calle, dijo:

—Me interesa oír lo que se habla aquí.

—Bien —dijo Laski—. Interróguelos, Filiberto.

Ya va apareciendo la cola del gato. Ojalá y estos dos colegas no se me alboroten con la lana. Y puede que ni se hayan fijado en el número que marcó el chino, 35-99-08. Allí debe estar la lana, los diez mil billetes de a cincuenta dolores cada uno. ¡Pinches billetes!

El chino dijo:

—Ustedes no son de la policía de México.

—¿En qué trabajaba Roque Villegas?

El chino calló.

—Mira, chale, de todas maneras vas a hablar. Más vale que sea por las buenas.

—Les vamos a dar dinero.

—¿Del dinero que llegó de Hong Kong?

—¿Qué les importa de donde haya venido? Es dinero bueno.

—¿Llegó de Hong Kong?

—Sí.

—¿Y para qué se los mandaron?

—Para el negocio.

—Con ese dinero pueden poner quinientos cafés. ¿Para qué se los mandaron?

—¿Van a aceptar el dinero que trae el señor Feng?

—Tenemos que saber de dónde proviene. ¿Para qué negocio les mandaron ese dinero?

—Si nos dejan ir, cuando se acabe, el negocio, les damos otro tanto.

—¿Qué negocio?

El chino calló. García le tomó el lóbulo de la oreja con los dedos y empezó a retorcer. Brotaron unas gotas de sangre.

—¿Qué negocio?

—Usted ya lo sabe. Yo lo conozco. Está con la policía de narcóticos… Y los otros señores seguramente son de la policía del otro lado. Y no es la primera vez que arreglamos estos asuntos con dinero, aquí y en el otro lado.

García soltó la oreja. La cara del chino seguía impasible.

—¿Opio?

—Morfina y heroína. La estamos comprando aquí, para Estados Unidos. Villegas era uno de los contactos para comprar.

—¿Es grande el negocio?

—Sí. Pero Villegas le contó todo a esa mujer y cuando usted lo mató anoche, ella quiso una parte del negocio a cambio de no hablar.

—Y la mandaron matar.

—Es lo acostumbrado con esa clase de gente.

—Sí, es cierto. ¿Y el dinero se lo mandaron de Hong Kong?

—Sí.

Graves intervino desde la ventana:

—¿Para qué trajeron ese dinero de Hong Kong? La mafia tiene suficiente dinero…

—Nosotros no somos de la mafia de Estados Unidos. Más bien diría que somos contrarios a ellos —dijo el chino.

—¿Y sus socios tienen nombre? —preguntó Graves.

—Un poeta de ustedes preguntaba: "¿Qué hay en un nombre? La rosa, por cualquier otro nombre, olería igualmente dulce". Nuestros socios, con cualquier otro nombre, le olerían igualmente mal, señor policía.

Graves hablaba sin dejar de vigilar la calle:

—Es raro encontrar a un traficante de drogas que cita a Shakespeare.

—Sí, señor policía. Ustedes están acostumbrados a tratar con hombres burdos, los del sindicato y la mafia, gente muy ignorante.

—¿El dinero proviene de Pekín? —preguntó Laski de pronto.

El chino sonrió sorpresivamente:

—Es cierto que dejamos caer algunas indicaciones de que ese dinero podría provenir del señor Mao. No nos convenía alarmar a las autoridades de Hong Kong y de Macao y poner sobreaviso a la mafia.

—¿Y todo ese dinero se va a usar en el negocio del opio? —preguntó Graves.

—Ese dinero y mucho más. En el negocio del opio y en otros más.

—Como el negocio de asesinar —comentó García.

El chino lo vio con cierto desprecio:

—Ese tipo de negocios, señor García, se puede hacer con dinero local y talento local. Usted lo debe saber mejor que nadie.

El chino sonrió. Pinche chale. Ora sí que me salió la gata respondona. Conque tanto lío era sólo para una movida de drogas en la frontera. Como puede que sí, puede que no, y lo más seguro es quién sabe. Y seguimos investigando.

Graves dijo:

—Creo que el señor García hablaba de otro tipo de asesinatos, de más envergadura, pudiéramos decir.

—Si se refiere a los miembros de la mafia, cuando haya que liquidarlos, arreglaremos el asunto en el mismo Estados Unidos. Allí no es caro matar.

—Hablaba de otra cosa —dijo Graves.

—Ve usted, señor policía, vamos a desplazar a la mafia de todos sus negocios. Para eso necesitábamos ese dinero y algún otro.

—El colega hablaba de muertos mucho más importantes que los dirigentes de la mafia —dijo Laski—. Entre sus proyectos, ¿no está por ejemplo el de asesinar al presidente de Estados Unidos?

El chino soltó la risa:

—Qué idea tan curiosa. ¿Qué ganaríamos nosotros con la muerte del presidente de Estados Unidos? No, señores, no. Ese tipo de negocios los hemos dejado siempre en manos de los norteamericanos. ¿O creen que nosotros organizamos lo de Dallas? Pero no. El señor García ya ha trabajado en asuntos de contrabando de drogas en la frontera.

—Yo soy del FBI —dijo Graves—. No de la Policía de Narcóticos. Y el señor es del Servicio Secreto Ruso. Como ven, esto es mucho más serio de lo que creen.

El chino quedó en silencio. Parecía desconcertado.

—Ahora entiendo —dijo por fin—. Por eso se ha hecho tanta presión. ¿Y quién les dijo que pretendíamos asesinar al presidente?

—Ustedes mismos —dijo García—. Apenas me dieron la misión de investigar el asunto, mandaron a un tipo a mi casa...

—No niego que pusimos a Villegas a vigilarlo, señor García. Usted fue anoche al Café Cantón y estuvo observándonos. Sabemos que ha trabajado en lo de las drogas y... la conclusión era obvia y consideramos que convendría vigilarlo. Desgraciadamente Villegas era torpe, muy torpe... Y ha pagado su torpeza con su vida. Tuvimos que valernos del talento local, muy deficiente, porque no había nadie más a mano y por que, con perdón suyo, señor García, no le dimos mucha importancia al asunto. Nos lucía como algo rutinario.

—¿Ya han empezado sus operaciones en Estados Unidos? —preguntó Graves.

El chino se volvió para verlo y sonrió:

—Señor policía, les vamos a dar dinero para que no se hable de eso, de ese negocio tan sin importancia junto al que están investigando... —de pronto se puso serio, como si hubiera entendido algo—. Pero creo que no van a aceptar nuestro dinero y ha sido una trampa. Si están investigando una cosa de esa importancia...

—Viene un hombre. Ha entrado en la casa —dijo Graves.

García amordazó rápidamente al chino y se colocó a un lado de la puerta de entrada, la pistola en la mano. Laski se colocó del otro lado. Graves se ocultó tras de la mesa del comedor. Los tres chinos quedaron sentados frente a la puerta. ¿Y ora qué hago de la lana que va a traer el chale? Estos cuates no sé qué se traen, pero les debe gustar la lana. Cinco mil dólares verdes no caen mal. Y luego pueden seguir sus investigaciones. Y lo malo es que creo que el chale está diciendo la verdad, por lo menos parte de la verdad. Eran muchos dólares para un asesinato. ¡Pinches rusos! ¡Pinche Mongolia Exterior!

La puerta se abrió de golpe y sonó una ráfaga de ametralladora. Los tres chinos parecieron saltar con todo y sus sillas y quedaron amontonados cerca de la ventana. Un hombre entró, la ametralladora en la mano, buscando. Graves, desde el comedor, disparó una vez. El hombre se tambaleó, cayó de rodillas, trató de alzar la ametralladora para disparar nuevamente. García se adelantó y le golpeó la cabeza con la culata de la pistola. El hombre cayó al suelo. García lo volvió boca arriba con el pie.

—No es chino —dijo.

—Vámonos —dijo Graves.

Salió corriendo, seguido por Laski y García. En el edificio se había armado un pandemónium: gritos llamando a la policía, puertas que se abrían y cerraban. García, Graves y Laski bajaron la escalera corriendo. Un hombre trató de detenerlos, pero cuando vio que llevaban las pistolas en la mano, se apartó de un salto. Salieron a la calle. Alguien disparó sobre ellos. Se subieron al coche de Graves y arrancaron.

—Necesitamos teléfonos —dijo Graves.

—En Sanborns —dijo García.

Fueron allá y cada quien tomó su aparato.

—Siento despertarlo, mi Coronel.

—No me despierta. Ya lo hicieron hace unos minutos con informes de una balacera en la calle de Guerrero, en la casa 208, departamento 9.

—Sí, mi Coronel. Hay allí cinco muertos.

—Le dije que quería viva a esa mujer.

—Yo no maté a nadie.

—Quería hablar con esa mujer.

—Cuando llegué ya estaba muerta. Y hay algo más...

—¿Más muertos?

—No. Algo importante.

—¿Qué es?

—Creo que nos estábamos meando fuera de la bacinica.

—¿Cómo?

—Estos chinos se traían otro negocio.

—¿Qué negocio?

—Drogas. Para Estados Unidos.

—Entonces, ¿no tenían nada que ver con lo otro?

—No estoy tan seguro.

—¿Sabe o no sabe?

—Hay cosas que no ligan, mi Coronel.

—¿Cuáles?

—Por ejemplo: ¿Quién es Luciano Manrique, el que tenía la puñalada?

—¿No me dijo que era socio de Villegas?

—Puede que no, mi Coronel.

—Al parecer usted sólo está seguro de los que mata. Tal vez por eso le gusta matarlos. Voy a ver el expediente. Espere.

—Sí, mi Coronel.

Esperó. ¡Pinche Coronel! Conque no estoy seguro más que de los que mato. Y él muy contento en su casa, durmiendo con sus piyamas de seda. Y Martita durmiendo en mi cama y yo haciéndole al maje. Y me mataron al chino en las meras narices. ¿Y Martita? ¿Quién andaría informando al chino? ¡Pinches chinos!

142

—García.

—Sí, mi Coronel.

—Llámeme dentro de quince minutos. El señor con el que hemos estado en tratos quiere estar enterado.

—Está bien.

El Coronel colgó. Eran casi las cinco de la mañana y en el restaurante había muy poca gente. Laski estaba sentado solo, tomando un vaso de leche. Éste informó muy poco. Tal vez no tiene que informarle a nadie. Y yo con el Coronel y el pinche Del Valle.

Se acercó a la mesa de Laski.

—El colega Graves tuvo que irse a redactar un informe o algo así.

García se dio cuenta de que tenía hambre. Desde el mediodía no había comido nada.

—¿Quiere cenar algo?

—Sólo mi vaso de leche. La cerveza me hizo daño.

García pidió un filete con papas y se sentó.

—Y ahora, Iván Mikailovich, ¿qué me dice de su complot?

—No sé. Desde el principio dijimos que eran tan sólo rumores.

—La policía está cateando las bodegas de Wang y el Café Cantón. Si encuentran una cantidad grande de drogas, la cosa no tendrá duda.

—No aseguramos nada —repitió Laski.

—Y si es así, es raro que haya llegado hasta la Mongolia Exterior el rumor de que se estaba organizando una banda de traficantes de drogas en la frontera mexicana. ¿No cree?

—Sí. Pero de todos modos mi gobierno creyó que los rumores eran lo bastante insistentes como para alertar al suyo.

—¿Y a los americanos?

—Era su presidente el que al parecer estaba en peligro.

—¿Producen opio en Mongolia Exterior?

—Que yo sepa no. La mayor parte es un desierto. Y hace mucho frío.

—¿Y cómo cree que llegó el rumor hasta allí?

—No sé. Los rumores corren mucho.

—El de la ametralladora no era chino. Creo que era cubano.

—¿Sí?

—Creo que era cubano. Esos zapatos a dos tintas ya no los usan más que los cubanos.

Trajeron la cena. Laski probó su leche en silencio, como con cierta displicencia. García cortó su carne. Está demasiado cruda. No me gusta cortar la carne y que salga sangre. No soy león. ¡Pinche carne!

Llamó al mesero y pidió que se la cocinaran más. Luego se disculpó con Laski y regresó al teléfono.

—García, mi Coronel.

—El señor que usted sabe quiere verlo aquí, dentro de dos horas. A las siete.

—Está bien. Por cierto, uno de los muertos era cubano, ¿verdad?

—Sólo hemos podido identificar a uno de los chinos. Era ciudadano de Cuba.

—¿Y el de la ametralladora?

—Aún no sabemos quién era. Y por cierto, me gustaría que, en alguna ocasión, dejara a uno con vida, al que podríamos interrogar.

—Se hará lo posible, mi Coronel.

Cuando regresó a la mesa, ya estaba allí su carne, bien cocida. Laski comía una rebanada de pastel de chocolate. García se sentó:

—En México tenemos un dicho, algo acerca de sacar la castaña con la mano del gato.

144

—Sí, Filiberto, ese dicho se usa en muchos países. También en la Unión Soviética…

Los grandes ojos de Laski denotaban una inocencia absoluta.

—¿Por qué me lo pregunta?

—Me parece bien que hayan puesto a trabajar al FBI, pero no me gusta que me hayan puesto a trabajar a mí, sobre todo cuando se me estaba haciendo con una muchacha.

—Muy bonita por cierto, Filiberto. Y el asunto ya lo tiene usted arreglado. Hoy en la tarde ella misma lo besó en la boca.

—Creí que ya no me estaban vigilando.

—Tengo muchos hombres a mis órdenes. Es necesario ocuparlos en algo. ¿No cree?

—¿Por qué no los pone a vigilar a los cubanos?

La voz de García era cortante. Laski dejó de sonreír. Parecía preocupado:

—Le molesta que lo hayamos visto con la muchacha, Filiberto. Eso no tiene importancia. Todos somos hombres y sabemos de esas cosas.

—No me gustan esas bromas.

—Lo siento, Filiberto, pero todo es parte del juego. Cuando se mete usted en estos asuntos internacionales, ya no hay nada privado. Lo siento, pero así es.

La voz de Laski se había vuelto también dura.

—Tengo una teoría, Iván Mikailovich.

—Después de una escena de violencia, me da hambre. Es curioso observar cómo cada hombre reacciona en una forma diferente. En nuestros archivos de control de agentes, hemos hecho un estudio de cómo reacciona cada uno de los agentes enemigos. Graves, por ejemplo, después de cada situación violenta, siente una incontenible necesidad de ir a informar a sus superiores. Tal vez se deba a un primitivo afán de confesar el pecado cometido o una necesidad, muy norteamericana por cierto, de legalizar todos los actos.

—Le estaba hablando de una teoría que tengo, Iván Mikailovich.

—¿Sobre este punto? Debe ser muy interesante. Tal vez usted haya observado cosas que nosotros no conocemos. En verdad, el agente perfecto no debería tener reacción alguna ante la violencia y la muerte. Son sentimientos completamente inútiles. Pero es difícil evitarlo. A mí, por ejemplo, me da hambre y luego, cuando he comido, me siento mal del estómago. He pensado que tal vez sea una herencia atávica de cuando el hombre sólo mataba para comer. ¿No cree?

—Hablando de la mano y de la castaña —dijo García—, podríamos pensar en una teoría. Ustedes los rusos, en la Mongolia Exterior, se enteran de ciertos rumores…

—Así lo hemos dicho. Eran tan sólo rumores. Pero México tiene relaciones diplomáticas y amistosas con la Unión Soviética y creímos que sería un acto noble de nuestra parte el darles a conocer esos rumores, ya que ustedes no tienen agentes en la Mongolia Exterior.

—No, no tenemos.

Los ojos del ruso se volvieron a llenar de inocencia y de amor al prójimo.

—Pero pueden contar con nosotros, Filiberto. Cualquier rumor que pueda afectar a su país, estamos en la mejor disposición de comunicárselo.

—¿Como éste?

—Sí. Como éste. Es una muestra de la sinceridad de la Unión Soviética y…

—¿Sabe una cosa, Iván Mikailovich? Yo creo que su reacción después de un acto de violencia, no es comer, sino hablar y, sobre todo, no dejar hablar.

—¿Usted cree? Sería interesante…

—Y volviendo a mi teoría…

—Su reacción, Filiberto, es curiosa. Creo que nunca había visto un caso semejante. Forma teorías, muchas teorías. Y si no tiene usted otra cosa que hacer, creo que es buena hora de ir a dormir.

—Puede que tenga razón. Estamos perdiendo el tiempo.

Pagó la cuenta y salieron a la calle. En la puerta se despidieron después de hacer cita para las doce del día en la cantina de La Ópera. ¡Pinche ruso! Conque de mucha reacción. Y el difunto chino contando todo su negocio, tan contento. ¡Pinche chino! De a mucho contrabando de morfina y toda la cosa. Y el ruso haciendo que se lo creía todo. Y el gringo sin decir nada. Todos muy creídos de lo que decía el chino, pero ya todos están investigando. Y ahora me duele la nuca. Tal vez sea la reacción que dice el ruso. ¡Pinche ruso!

Tomó un coche y le dio la dirección de su casa. Por lo menos tengo tiempo de darme un baño. Y veo a Martita. Ella en mi casa y yo haciéndole al maje con la intriga internacional y Mongolia Exterior. Ojalá y haya cerrado la ventana. Estos rusos ya han visto demasiado. Creo que han visto más que yo. ¡Pinches rusos!

V

Cuando entró a la sala, el alba llenaba todo de sombras grises, como grandes manchas de humedad en una casa abandonada. No había nadie. Abrió sin hacer ruido la puerta de la recámara. La luz sin color entraba por la ventana, junto con los primeros ruidos de la calle. Marta estaba dormida, acurrucada, como si tuviera miedo, los brazos desnudos fuera de las sábanas y las manos unidas cerca de la cara. Lo que no habrán visto esos pinches rusos. Ellos lo ven todo porque investigan y yo nomás estoy para matar. Matar sin ver al que se mata, sin saber por qué hay que quebrarlo. Tal vez nada más porque sí.

Se detuvo para verla. La respiración era pausada, lenta. Sin hacer ruido se quitó el saco y la funda de la pistola. No quería tenerla encima del corazón. Orita debería meterme en la cama, junto a ella. Orita que está durmiendo. Creo que nunca he visto a una mujer durmiendo, por lo menos a una mujer tan bonita. Por lo general, cuando ya se van a dormir, yo me voy. Ya no las necesito. Y creo que me estoy haciendo maricón. Ya debería estar en la cama con ella. ¿Para qué estar mirando lo que se puede agarrar con las dos manos? ¡Pinches rusos allá enfrente!

Sólo mirando, como el chino del cuento. Y yo como ellos. Sin meterme en la cama. ¡Pinche maricón!

Distraídamente había tomado la gamuza y limpiaba la pistola. Sus dedos se movían sobre ella, como acariciándola, pero no quitaba los ojos de la figura de Marta, dormida en su cama. De pronto se movió y se incorporó de un salto. Sólo tenía puesto el fondo.

—¡Filiberto!

—No se espante, Martita.

Marta se restregó los ojos y sonrió:

—Te estuve esperando hasta muy noche.

No hizo nada por cubrirse con la sábana. Se sentó en la cama y puso las dos manos sobre las piernas extendidas.

—Luego me dio sueño y me recosté un rato y, como no tengo piyamas… ¿Te vas a acostar?

—No, Martita. Sólo vine a darme un regaderazo y tengo que salir de nuevo.

—Pero si no has dormido nada. En dos noches no has dormido. ¿Quieres café?

Se levantó de un salto. Estaba descalza. Se acercó a García y le puso las dos manos en los hombros. A través del fondo se transparentaban sus pechos, pequeños y duros, y el cabello en desorden le caía hasta los hombros. Olía a cuerpo y a cama. García se inclinó y la besó en la boca, sin abrazarla. Tenía en una mano la pistola y en la otra la gamuza. Ella se apretó contra él.

—Te quiero, Filiberto, te quiero tanto. Aquí sola no tengo otra cosa que hacer más que pensar en ti y en lo que te quiero. Por eso ya te hablo de tú, porque he adelantado mucho en nuestras relaciones.

Se alejó un poco de él y empezó a desabrocharle la camisa.

—Te tienes que poner una limpia.

—Sí, Martita.

—¿Por qué no descansas un poco? Yo te despierto a la hora que me digas.

—No hay tiempo, Martita.

La apartó y entró al baño. ¡Pinche maricón! No más parado allí y ella casi en pelota. ¡Pinche maricón! Esto les pasa a los viejos. Y le tengo más ganas… ¡Pinche maricón!

Cuando salió del baño, su ropa limpia estaba sobre la cama. Se empezó a vestir. Marta apareció en la puerta de la sala, con una taza de café en la mano. García se sentó en la cama. Le temblaban las piernas.

—Deje el café en el buró, Martita.

Marta puso la taza en el buró y se sentó en la cama, cerca de él.

—Estás cansado. No deberías trabajar tanto en la noche.

—Esto sólo pasa de vez en cuando, Martita. Estamos investigando un caso especial.

—¿No quieres el café?

García la abrazó y la besó con fuerza. Le temblaban las manos y sentía un hueco en el vientre. Se dejaron caer hacia atrás en la cama. Marta olía a noche tibia, a cama y a mujer. García se incorporó lentamente, sin dejar de verla.

—No, Martita, así no conviene. Vamos a tener mucho tiempo, cuando se acabe este asunto.

—Cuando tú digas, Filiberto. Siempre estaré esperándote. Cuando tú digas.

Le sonrió. Si me vuelve a sonreír, el señor don Rosendo del Valle y el Coronel se van al carajo. ¡Pinche maricón que soy! ¿Desde cuándo tan modoso para saltarle a una changuita?

—Eres un hombre verdadero, Filiberto. Por eso te quiero tanto. No quieres que sea esto una cosa sin importancia… Y será cuando quieras y como quieras, porque eres un hombre.

—Sí, Martita. Después…

—Lo sabía desde que te vi la primera vez en la tienda. Sólo un hombre como tú, un hombre de verdad, hace lo que has hecho. Cuando me dijiste que viniéramos a tu casa… Yo sabía lo que iba a suceder… Y no sucedió nada. No te gustan las cosas mal hechas y por eso te quiero tanto. Ayer, todo el día pensaba en ti… ¿Quieres que te ponga los zapatos?

—No, Martita. Yo puedo.

—Pensaba en ti, en cómo te has portado. No querías tan sólo acostarte conmigo… como tantos otros hombres hubieran querido. Me ayudabas y no me pedías nada… y aun ahora no me pides nada. Pero aquí estaré esperándote…

—Sí, Martita.

Se puso de pie y fue al espejo a hacerse el nudo de la corbata de seda. Luego se colgó al hombro la funda de la pistola y se puso el saco de gabardina beige. Sacó un pañuelo de seda verde oscuro y se lo colocó en la bolsa del pecho. Se volvió hacia Marta:

—Quiero que vayas a El Palacio de Hierro y te compres unos vestidos y todo lo que te haga falta, Martita. Ya no vas a volver a la calle de Dolores…

—No, ya nunca.

—Toma seis mil pesos…

—Es mucho dinero.

—No. Quiero que te compres todo lo que te guste. Todo lo que veas y te guste, te lo compras. Para eso es el dinero.

—Pero… ¿Cómo te voy a pagar esto?

Se levantó de la cama y se le acercó. Sus pequeños senos estaban erectos debajo del fondo.

—¿Cómo te voy a pagar todo lo que has hecho por mí?

Le tomó una mano y se la besó. García le levantó la cara y la besó en la boca.

—Allí está el dinero. Puede que venga en la tarde…

—Aquí estaré.

—Y cuando acabe con este asunto, nos iremos a Cuautla, al Agua Hedionda o hasta Acapulco. Nos vamos en el coche.

Marta le sonrió. Había una gran dulzura en su cara.

—Cuando quieras, Filiberto.

—Adiós.

—No vuelvas muy tarde, Filiberto. Tienes que descansar…

—Adiós.

Salió del departamento y a la calle. El sol empezaba a pintar de amarillo la suciedad de la ciudad. ¡Pinche maricón! Como que estoy fuera de mi grupo, primero con el gringo y el ruso y la intriga internacional. Y ahora con Martita. Como que no es como las otras mujeres. Será porque es china. ¿O me estará viendo la cara de maje y la mandaron a hacer el trabajito? Y yo sin aprovecharme de la necesidad de que haga el trabajito. ¡Pinche pendejo! Y está más buena de lo que parecía. Y capaz y cuando vuelva ya acabó el trabajo y se fue con mi lana y toda la cosa. Merecido me lo tengo por pendejo, por pinche pendejo que soy.

El Licenciado vivía en Arcos de Belén. Costó cierto trabajo despertarlo y García tuvo que golpear mucho en la puerta. Por fin abrió. El olor de su cuarto era nauseabundo.

—¿Qué le pica tan temprano, Capi? No ve que amanecí medio crudelio.

—Tengo un trabajo para usted, Licenciado.

—¿Como el de ayer?

—Quiero que me averigüe todo lo que pueda sobre un tal Luciano Manrique, asaltante y con varios ingresos.

—¿Luciano Manrique? Yo lo defendí una vez, Capi. Pero según leí en el periódico, de donde está ahora ni yo puedo sacarlo. Alguien lo quebró, junto con Roque Villegas.

—Sí. Mire, Licenciado, usted conoce de estos negocios tanto como yo…

—Yo no mato, yo defiendo a los presos. Es una de las obras de misericordia.

—Los tipos como ése, pistoleros de segunda, siempre tienen a un hombre arriba que los protege, que les paga el abogado…

—El sacerdote debe vivir del altar…

—Quiero saber quién es el que protege a este Manrique y con quién ha andado últimamente. Averígüeme eso y le doy otros doscientos pesos.

—¿Otros? Todavía no me da los primeros.

—Lléveme la información a las once, en La Ópera. Aquí tiene veinte a cuenta, para sus gastos y para que se cure la cruda.

—Gracias, Capi. Hasta la vista.

El Coronel estaba, como siempre, de mal humor. Yo tanteo que este Coronel nunca duerme. Y no ha de ser por los fieles difuntos, porque tiene las manos muy limpias. Como todos estos que salieron después que nosotros. Todos con las manos limpias, porque nosotros les hacemos el trabajo. ¡Pinches manos!

—¿Por qué estrangularon a esa gringa?

—La encontramos muerta, mi Coronel. Los chinos la mataron porque los estaba chantajeando.

—Cuando interviene usted en un asunto, todo se llena de muertos. No me deja a nadie a quien interrogar.

—No maté a ninguno de los de anoche.

—Tal vez. Y ahora, mientras llega el señor Del Valle… Esos chinos lo estaban engañando. En las bodegas no hay drogas, ni dinero…

—¿Nada de dinero en dólares?

—Nada. Y por lo que hemos podido averiguar con los soplones, esa gente no estaba en contacto con los traficantes de drogas conocidos. El mismo Villegas, hasta donde sabemos de él, nunca se había metido en ese tipo de negocios.

—Me lo imaginaba.

—¿Por qué?

—Apenas los agarramos, el chino viejo que parecía ser el jefe, empezó a cantar lo de las drogas y de que iban a desplazar a la mafia en Estados Unidos. Hablaba demasiado.

—Entonces, ¿qué se traen? ¿Lo que pensábamos?

—El ruso no quiere decir nada, pero estoy casi seguro.

—¿De qué? Cuesta más trabajo sacarle un informe, García, que a cualquier criminal.

—Creo que el rumor que oyeron los rusos en la Mongolia Exterior no se refería a un atentado en contra de la vida del presidente de Estados Unidos. Por un lado, había demasiado dinero para una cosa así; por el otro, no estaba lo bastante bien organizado.

—¿Entonces?

—Los rusos oyeron de algo que iba a suceder en México y que querían investigar con libertad.

—¿Como qué?

García meditó un momento. Si le digo lo que pienso, va a decir que ando fumando mariguana, pero hay que decirlo, que el que calla otorga y ese ruso me estaba viendo la cara de pendejo con sus teorías.

—No sabía que fuera usted un experto en política internacional, García. Creí que sus talentos estaban dedicados a asuntos completamente locales.

—Hay muchos cubanos que no quieren a los rusos y hay muchos chinos en Cuba, mi Coronel. Con una poca de ayuda, podrían dar un golpe, echar fuera a los rusos y quedarse con Cuba para los chinos.

—¿Y?

—Eso no les gustaría a los rusos.

—Me imagino. ¿Y?

—Ése fue el rumor que oyeron los rusos. Se preparaba una contrarrevolución, organizada por los chinos en contra de los rusos, en Cuba. Y esa contrarrevolución se estaba preparando en México, con el dinero de Hong Kong.

—¿Y el informe que nos dieron los rusos?

—Querían nuestra ayuda y, sobre todo, la del FBI. Con un cuento como ése, todos teníamos que cooperar para descubrir la verdad.

El Coronel quedó pensativo.

—Entonces, ¿según usted, García, no hay ningún complot de los chinos para asesinar al presidente de Estados Unidos?

—No estoy muy seguro, mi Coronel.

El Coronel hizo un gesto de impaciencia. En ese momento se abrió la puerta y entró el señor Del Valle, su beatífica sonrisa en los labios y los dientes. Los dos hombres se pusieron de pie:

—Sentados, señores, sentados.

Se quedó de pie y tomó un tono oratorio.

—No sé si se han dado cuenta de que mañana llega el señor presidente de Estados Unidos y aún no sabemos a qué atenernos. Voy a tener que informar de ello al señor presidente…

El Coronel contestó. Contó todo lo que había sucedido hasta la fecha y explicó la teoría de García de que se trataba de un complot chino en contra de los rusos en Cuba. Del Valle quedó meditativo. Luego preguntó:

—Entonces, ¿está usted seguro, señor García, de que esos chinos lo único que pretenden es un golpe pekinés en Cuba?

—Eso creo.

—¿Pero está completamente seguro?

—Hay demasiada gente en el asunto, señor Del Valle. Para un atentado en contra del presidente de Estados Unidos, no se necesita tanta. Basta con uno o dos fanáticos bien dirigidos. Y tampoco se necesita tanto dinero.

—No estoy muy seguro —dijo Del Valle—. Ni creo que sus argumentos sean una prueba. Poniéndolo en otra forma: ¿Está seguro de que no peligran las vidas de los presidentes?

—No.

—Allí lo tiene, Coronel. No podemos estar seguros.

—Otra cosa que me hizo sospechar —intervino García— fue la insistencia de los rusos en tomar parte en las investigaciones. Bastaba con que nos dieran el aviso.

—Creo, Coronel —dijo Del Valle sin hacer caso de las palabras de García—, que se ha comprobado que hay un movimiento entre los chinos para algo importante y, dado el informe de la embajada rusa, creo que el objeto del movimiento es asesinar al presidente de Estados Unidos durante su visita a México…

—Pero —dijo el Coronel—, las razones de García…

—El señor García no es un experto en intriga internacional. En verdad, ni siquiera es un experto en investigaciones policiacas. Mucho menos puede dar juicios correctos acerca de los sistemas chinos y de su bien conocida duplicidad. Creo que… y puedo afirmar que estoy seguro de ello... sí, completamente seguro. Esta investigación no se ha llevado a cabo correctamente. Al principio se avanzó en ella y se descubrió el hecho de que había un complot de los chinos, pero después, desde ayer, la investigación ha tomado cauces que no me satisfacen...

—Se ha seguido el camino que la misma investigación ha trazado, señor Del Valle —dijo el Coronel.

—Y ese camino nos ha llevado a perder el tiempo y al error. Lo único cierto es que los chinos han recibido dinero. Desgraciadamente, dados los sistemas que se están empleando en la investigación, no tenemos testigos. Noto una cierta... velocidad, pudiéramos decir, en liquidar a los posibles testigos.

La cara de García estaba impasible. Tenía el sombrero tejano sobre las piernas y lo sostenía con las dos manos. Este señor Del Valle está empeñado en creer en el peligro de los chinos y en todo lo de la Mongolia Exterior. ¡Pinche Mongolia Exterior! ¡Y pinche señor Del Valle! Con que estamos liquidando a todos los testigos. Si no le gusta cómo hago los adobes, ¿por qué no entra a batir un poco?

—Además —siguió diciendo Del Valle— los norteamericanos se han quejado discretamente de la actitud del señor García. Según ellos, no coopera lo suficiente. Probablemente, Coronel, el señor García, por su misma manera de ser, por sus antecedentes, no está acostumbrado a trabajar en equipo, y este tipo de investigaciones tiene que hacerse en equipo.

El Coronel no contestó. Jugaba con su encendedor de oro. García seguía impávido. Trabajar en equipo. Para matar a un changuito se necesita un hombre, no un equipo. Un hombre con pantalones, que no le tenga miedo a la sangre. ¡Pinche equipo! Como si fuera un partido de futbol. Me pasa la pistola por la izquierda, tiro a la derecha y gol y uno que se fregó para siempre.

Del Valle se puso nuevamente de pie.

—Coronel, nos queda un día para terminar esta investigación. Quiero acción, acción en serio, no matanzas de segundones, como el lamentable caso de anoche. Quiero tener a los chinos que están encabezando el complot, quiero saber dónde está ese dinero y en qué se va a utilizar. Y lo quiero saber esta misma noche, para poder decirle al señor presidente que ya no hay peligro.

—Estamos haciendo todo lo posible. Tengo hombres investigando a los chinos conectados con el grupo del Café Cantón y las bodegas. Hemos extremado las medidas de vigilancia entre los asilados políticos y en las fronteras.

—No es bastante, Coronel.

—En la plaza donde se va a inaugurar la estatua hemos desocupado todos los edificios que tienen balcones y sólo podrán entrar allí personas con pases especiales de la policía. Usted mismo, señor Del Valle, ha firmado esos pases.

—No es bastante.

—Hemos sugerido a los americanos que se utilice el automóvil a prueba de balas, para reducir los momentos de peligro.

—Le digo a usted que no es bastante, Coronel. ¡Por Dios, Coronel! ¿Qué más quiere usted para proceder a una investigación completa? Ya sabe que los chinos han recibido ese dinero, ya sabe que traman algo y ese algo, salvo la extraña opinión infundada del señor García, es seguramente el asesinato del presidente de Estados Unidos. Ponga hombres competentes, verdaderamente competentes a que sigan adelante con esta investigación, lo mismo que está haciendo el FBI. ¿No cree usted que sería una vergüenza que una policía extranjera diera con la verdad antes que nosotros?

—Sí, claro…

—Pues proceda. Nos quedan doce horas. No pierda más tiempo con estas tonterías. Y el señor García, seguramente, se puede ocupar en otras cosas, mientras tanto. Buenos días.

El señor Del Valle abrió la puerta y salió dignamente. En la puerta se volvió:

—Entienda usted, señor García, que no hay nada personal en esto. No he querido ofenderlo.

—García lo comprende, señor Del Valle.

—Claro está que el ruso es un experto…

—Usa Lugger —interrumpió García—. Yo uso cuarenta y cinco.

—¿Eso qué tiene que ver?

—Y el gringo usa revólver treinta y ocho especial de la policía. Tal vez porque son expertos. Saben judo, karate y estrangular con cordones de seda.

—No entiendo qué quiere decir, señor García.

La voz del señor Del Valle era dura, cortante. La voz del funcionario acostumbrado a dar órdenes.

—A nosotros en México no nos enseñan todos esos primores. A nosotros, sólo nos enseñan a matar. Y tal vez ni eso. Nos contratan porque ya sabemos matar. No somos expertos, sino aficionados.

Hubo un silencio. El señor Del Valle volvió a entrar al cuarto. ¡Pinche señor Del Valle! ¿Qué sabe él de estas cosas? Las manos me huelen a Martita. Y no quise ni cachondearla. ¡Pinche maricón! Aquí el único joto es Filiberto García, para servirlos.

—Mire, señor García —dijo Del Valle—, no he querido ofenderlo. He admirado el trabajo que ha hecho, pero en estos casos no puede haber consideraciones

160

sentimentales. Está en juego, no tan sólo la vida del señor presidente de Estados Unidos, sino de nuestro presidente y la paz del mundo. Ya usted, en sus averiguaciones, ha llegado a la conclusión de que el complot de que hablaron los rusos tiene una base de verdad. Eso es un gran paso y nos obliga a llegar a una conclusión muy grave.

—Yo creo que no hay tal complot de los chinos para asesinar al presidente de Estados Unidos.

—Pero usted mismo nos ha dicho…

—Que hay un complot para llevar a Cuba dentro de la órbita de Pekín.

—Las pruebas que aduce usted para ello no son sólidas, señor García. Aténgase a mi larga experiencia jurídica y administrativa en este caso. Aténgase a las investigaciones hechas por gente que sabe hacerlas, por el FBI y por la Policía Secreta rusa. Todo nos indica que se está tramando un atentado…

—Sí —interrumpió García—. Creo que se está tramando un atentado, pero sin chinos…

—¡Eso es absurdo! ¿No cree usted, señor Coronel?

—Sí, señor Del Valle.

—Así que, dada la carencia de tiempo, no quiero que éste se pierda en investigar esas tonterías. Nos queda tan sólo un día, tan sólo un día, Coronel. Ponga a sus mejores hombres a investigar. Si es necesario, catee todos los establecimientos de los chinos en México. Eso es una orden, Coronel.

—Sí, señor Del Valle.

—Y yo creo que el señor García, ya que ha cumplido la misión limitada que se le confió, puede volver a sus habituales ocupaciones, cualesquiera que éstas sean.

—Sí, señor Del Valle.

—Y téngame informado de todo. Buenos días.

El señor Del Valle volvió a abrir la puerta y salió. García se había quedado sentado, la vista fija en la pared. Ora sí que me cortaron de a feo. Y todo me lo saco por pendejo y por hocicón. ¿Quién me mete a convencer al pinche Del Valle de lo que no se quiere convencer? Mejor como el Coronel. "Sí, señor Del Valle." ¿Quiere que le lama el fundillo, señor Del Valle? Y yo regreso a mis ocupaciones habituales. A mis ocupaciones de pistolero. Para este negocio no se necesitan pistoleros. Cuando necesitemos otro pinche muerto, lo mandamos llamar. Pero por ahora no moleste, porque estamos trabajando de a mucho equipo. Ya las manos no me huelen a Martita. Ahora para matar se necesita ir en equipo. Creo que hasta para tumbarse a una vieja se necesita ir en equipo. ¡Pinche equipo!

—García.

—Diga, mi Coronel.

—Ya oyó lo que dijo el señor Del Valle.

—Sí.

—Ya ni la amuela usted. Como que se lo quiso empezar a vacilar.

—Voy a tomar ocho días de vacaciones, mi Coronel.

—Va a tomar una pura madre.

—Ya no tengo qué hacer en este asunto.

—¿Como está eso que dijo de otro complot?

—El señor Del Valle no cree en eso.

—¿Cómo está el asunto?

—No sé. Pero no hemos investigado qué es lo que andaba haciendo Luciano Manrique en mi casa. No tenía nada que ver con Villegas, que era pistolero de los chinos.

—Tal vez traía algo personal en contra de usted.

—Eso también puede ser cierto.

El Coronel se fue a asomar a la ventana desde la cual no se veía nada. Debe haber una bola de cuates que me quieren mal. Pero ésos me quieren sonar un balazo. El difunto Luciano se traía otra cosa, algo así como un aviso. Como que ya todos se dieron cuenta de que me hice maricón y me pueden espantar con una macana. Se van a dejar venir todos los dolientes. ¡Pinches dolientes! Pero parece que van a esperar a que me muera de viejo para ponerse contentos. O como decía doña Gertruditas en Yurécuaro: "No lo castiguen. Ya bastante ha sufrido con su misma falta". ¡Pinche Gertruditas! Como que iba teniendo razón. Los dolientes muy dolidos, pero yo a veces creo que resulto ser el más jodido. Porque ahora, con la Revolución hecha gobierno, hasta los de huarache me taconean. ¡Pinche Del Valle! Ya Martita habrá salido a sus compras.

El Coronel se alejó de la ventana y volvió a su escritorio. García seguía inmóvil en la silla, el sombrero sobre las piernas. El Coronel encendió un cigarro. Como de costumbre, no ofreció.

—¿Y qué cree que pudiera andar buscando Luciano Manrique?

—No sé. Me parece que era un aviso. Como para que me diera yo por enterado de algo. Pero no tuvo tiempo de dar todo el recado.

—Con usted, nunca tienen tiempo de nada.

—Así es.

—¿Y qué recado era?

—Puede haber sido un aviso, para que me diera cuenta de que estaba investigando algo peligroso. Así como para indicarme que no me metiera entre las patas de los caballos. Y el aviso me lo mandaron la misma noche que me encomendaron este trabajo.

—Ya veo. ¿Qué más?

—Pero ese recado no tenía que ver con los chinos del Café Cantón, ni con el medio millón de dólares. Era otra cosa.

—¿Qué cosa?

—Como para que todos estuviéramos seguros de que los chinos sí andaban con ese mal intento. Y, tal vez, otros son los que andan con el intento.

—Ya veo.

El Coronel fumó, en silencio. Dicho así suena medio pendejo todo el asunto, pero creo que es la punta que le vamos viendo. Me hubiera gustado ir con Martita a El Palacio de Hierro. Compra esto, Martita. Compra esto también. No mires el precio, si te gusta no mires el precio. Eso hacemos todos en la vida. No vemos el precio de las cosas.

—Puede ser —dijo el Coronel como hablando para sí mismo— que alguien, tal vez los mismos rusos o algunos gringos, se enteró del rumor y pensó que era una buena oportunidad para liquidar al presidente y echarle la culpa a los chinos.

—Algo así, mi Coronel.

—Siga investigando.

—Sí, mi Coronel.

—Y trate de dejar a alguien al que pueda yo interrogar.

—Se hará lo posible.

—Y otra cosa, García.

García, que se había puesto de pie, se detuvo.

—De esto me informa tan sólo a mí. ¿Entiende?

—Sí, mi Coronel.

Salió y cerró la puerta. El Coronel seguía dándole vuelta a su encendedor de oro.

En la calle de Dolores empezaba el trajín del día, se abrían tiendas, se desaparecía la basura de la noche. El Chino Santiago estaba tomando una taza de té.

—¿Quiere una tacita, señol Galcía?

—Gracias.

—¿Pol qué anda tan templano pol estas calles, señol Galcía? ¿Buscando a los deshonolables malhecholes?

—Paseando, Chino Santiago.

—Dicen en China que el homble malo nunca puede dolmil, polque el homble bueno no lo deja.

—Algo hay de eso.

—Tome su té, señol Galcía.

—¿Qué novedades tienen por aquí?

—Algunas, algunas.

Santiago se le acercó para hablarle en voz baja. Olía a ajo y a opio.

—El honolable señol Liu está mu fulioso y mu tliste…

—¿Qué le pasa?

—Maltita… ¿Se acuelda de ella, señol Galcía?

—Sí.

—Ela la mujé del señó Liu.

—¿Su mujer?

—Su segunda mujé, como decimos en China. Y se le ha fugado. Desde la otla noche, cuando estuvo usté aquí, señol Galcía…

—Vaya, vaya.

—¿Usté no podlía encontlala, señol Galcía? El seño Liu está mu entlistecido. Hoy no ha quelido ablil su tienda y no habla con nadie.

—Eso se saca por tener dos mujeres y a su edad.

—Oh, ésa es costumble china, mu vieja costumble china y mu honolable. Cuando mujé ya está vieja, homble toma mujel segunda, pala dejal descansal a mujel plimela. Mu honolable costumble china.

Santiago sonrió de pronto, mostrando sus dientes amarillos y escasos.

—A usté le gustaba Maltita, señol Galcía… Maltita mu bonita, mu bonita.

—¿Tenía algún pretendiente?

—No, señol Galcía. El honolable señol Liu no la dejaba salil a ninguna palte.

—Pero salió.

—Así es, señol Galcía. Salió y no ha vuelto.

—¿Y la han buscado?

—El señol Liu no quiele hablal con nadie. No ha quelido ni ablil la tienda. Está mu tliste, el señol Liu, mu tliste.

—¿No le está exagerando?

—Tal vez la quelía, señol Galcía. Un homble no debe ponel amol en una mujel. Eso queda pala ponel en los hijos, pelo no en una mujel que no tiene lealtad.

—¿Y por eso está tan triste?

—Flancamente, no lo entendemos, señol Galcía. Juan Po y este miselable hablaban de eso ayel noche. No lo entendemos. Pelo así es. Tal vez el honolable señol Liu, con tantos años de vivil en esta tiela toma los sentimientos de ustedes…

—Tal vez.

—Tome su té, señol Galcía, té de China, mu bueno…

Probó el té. Pinches chales. Conque no se debe dar amor a una mujer, sólo a los hijos, y los que no tenemos hijos, nos fregamos.

—El poble señol Liu hacía todo pol tenel contentas a sus mujeles, pelo Maltita es joven y él ya tiene más de cincuenta años. Eso no está bien, señol Galcía. La gente joven con la gente joven…

—Sí.

—Pelo haga el favol de buscálsela, señol Galcía. Nos duele vel el sentimiento que hace el honolable Liu y cómo pielde cala ante todos los hombles honolables pol hacel esos sentimientos. ¿La va a buscal?

—Ya veremos. Y mira, Chino Santiago, diles a todos que se anden con cuidado unos días, que cierren la jugada y el fumadero…

—¿Hay peliglo?

—Sí. Yo les diré cuándo pueden volver a abrir.

—¿Hay mucho peliglo?

—Ya se pasará, como siempre. Pero anden con cuidado. Hasta la vista.

—Adiós, señol Galcía, y mu honlado por su visita, mu honlado, mu honlado.

Se fue andando hasta la cantina. Conque primero haciéndole al ofendido y ahora, como el gringo o como el ruso, investigando a Martita. De a mucho amor muy puro, pero de a mucha desconfianza. Y parece que me dijo la verdad. ¡Pinche Liu! Y como que le ha dolido el que se la quité. Que se joda, Y que una muchacha como Martita no puede estar con un viejo de más de cincuenta años. Tal vez por eso me estoy haciendo maricón. Tal vez estos pinches chinos me dieron brujería o mal de ojo. Y ya no me queda más que hacerle al tra-la-lais. ¿Y qué se irá a comprar Martita? Capaz y le da miedo gastar todos los centavos. Y no sabe que ya ando tras de la pista donde hay más. El 35-99-08. Allí mero está la fierrada y eso yo no más lo sé. Aguzadito.

Se detuvo en una tabaquería y marcó el número:

—¿Es el 35-99-08?

—Sí. ¿A quién desea?

—¿El señor Wang?

—Aquí no hay ningún señor Wang.

—¿No es ésa su casa?

—No.

—¿No es el 35-99-08?

—Sí.

Colgaron. Muy discretitos, como que no quieren decir casa de quién es. Y contesta un changuito. Ésa no es casa particular o no tienen gata.

—¿Gomitos? Habla García.

—Diga, Capi.

—Quiero que me investigues la dirección de una casa.

—¿Órdenes?

—Del Coronel. Es la casa donde está el teléfono 35-99-08.

—Le llamo dentro de diez minutos.

—Yo le llamo, Gomitos, y gracias.

Colgó. Allí están los dólares, todos en billetes verdes de a cincuenta. Y como no trabajo en equipo, todititos para mí. ¡Pinche equipo! Y ora vamos a ver quién le hace más fuerte a la investigación. ¡Pinche investigación!

El Licenciado ya estaba en la cantina tomando su primer tequila, el tequila salvador, el que hay que tomar ceremoniosamente, como si se tratara de un sacramento. García lo llevó a un apartado.

—¿Averiguó algo?

—La vida ejemplar de Luciano Manrique es como un libro abierto para mí.

—¿Qué hay?

—Un libro medio pornográfico, como esas novelas que se escriben hoy, que dicen que son el arte nuevo y muy cultas. ¿Puedo pedir otro tequila, Capi?

—Sí.

El Licenciado pidió un tequila doble.

—¿Quién protegía a Manrique?

—La vida completa de Luciano Manrique, así como sus actividades, se pueden reducir a una frase jurídica: Delito que perseguir. Por primera vez aparece en los anales jurídicos de México como padrote en Tampico. Cayó por robo con asalto. Le cargaron delito de lenocinio, portación de armas prohibidas, una cachiporra y otras cosillas. Tres años. Salió libre a los dos años. Había aprendido algo importante. Para dedicarse al oficio de tercería, para asaltar a mano armada y demás actividades, es necesario andar con alguna policía. Se hace policía en su estado natal. Como usted ve, Capi, y sin ofensa sea dicho, ha ido avanzando por el camino del crimen, se ha ido hundiendo en el fango.

—¿Quién lo sacó de la cárcel?

—Cuatificó con un policía que, a su vez, cuatificaba con el Jefe de Operaciones Militares, un general Miraflores. Salud, Capi.

—¿Por qué lo sacó?

—Tal vez por un noble sentido de humanidad, de caridad cristiana. Aunque si así fue, fue caso único en la brillante carrera del general Miraflores. Hay gente mal pensada y probablemente verídica que dice que lo sacó de la cárcel para que lo ayudara a cobrar las cuotas a las prostitutas de su zona.

—¿Y luego?

—Cuando el General se vino a México y el licenciado don Rosendo del Valle dejó el gobierno de ese estado, Luciano se vino, al parecer sin empleo definido.

Para lo que se ofrezca, como quién dice. Se trajo a una mujer, su conviviente o concubina, con la cual vivía en las calles de Camelia, casa número 87.

—¿Ha estado preso aquí en México?

—Una vez por robo. Salió con fianza y debido a la muy brillante defensa que le hice.

—¿Y quién le pagó sus honorarios?

—La mujer. Otra vez lo agarraron con un coche robado. Pero no se le pudo probar nada y el dueño del coche, gracias a mis gestiones, retiró la demanda.

—¿Y quién le pagó, Licenciado?

—La mujer.

—¿De dónde sacó el dinero?

—¿Quiere chismes?

—Sí.

—Del general Miraflores. Parece que lo quería mucho. Yo también lo quería y estaba resultando un buen cliente, hasta que… hasta que se murió.

—¿Qué más?

—La mujer se llama Ester Ramírez. Un tiempo trabajó en un burdel en Tampico y Luciano Manrique la redimió de esa vida de ignominia y degradación. ¿Qué hay de mis centavos, Capi?

—Aquí los tiene.

—Gracias. Ya veo que me descontó los treinta pesos.

—Sí. Ése fue el trato.

—Está bueno. Por cierto, Capi, la policía aún no ha dado con el asesino de los dos hombres del Pontiac negro, como les llama ya el periódico.

—¿Y?

—Pero dicen por los juzgados que la policía sí sabe quién los mató, pero que han llegado órdenes de arriba para que no se siga investigando. Salud, Capi.

—Y últimamente, poco antes de morir, ¿se sabe en qué trabajaba Manrique?

—Tenía más dinero que de costumbre y se veía mucho con dos nuevos amigos.

—¿Quiénes?

—A uno le dicen el Sapo. Es de su mismo estado y también trabajó allá en la policía. El otro, según dicen, es un gringo recién importado que vive en un hotel en la calle de Mina. Y, por cierto, al parecer se ha soltado una ola de crímenes. Anoche encontraron a cuatro hombres y una mujer muertos en un cuarto en la calle de Guerrero.

—Sí.

—Y resulta que la mujer era la inconsolable viuda que usted y yo entrevistamos ayer en la tarde. La habían estrangulado con un cable de la luz.

—Sí.

—La deben haber matado poco después de que la dejamos.

—La dejé con usted, Licenciado.

El Licenciado tomó un sorbo de tequila, luego sonrió.

—Aunque los dos vivimos del crimen, Capi, en mi profesión hemos llegado al convencimiento de que matar a los posibles clientes no es tan sólo poco ético, sino muy mal negocio. En cambio, Capi, en donde usted la gira, aún no han logrado llegar a esa conclusión.

—Se está mandando, Licenciado.

La voz de García no sonó dura, sino cansada. El Licenciado sonrió nuevamente.

—No se enoje, Capi. Era una broma. Salud.

—Salud…

El Licenciado bebió su tequila y pidió otro. ¡Pinche broma! ¡Pinche verdad! Como que somos medio pendejos y matamos a la clientela. Capaz y que sólo los majes andamos en este negocio y los aguzados estudian leyes. ¿Y el ruso y el gringo? Parece que ellos estudiaron para el negocio, como el Licenciado. Y yo estudié una pura madre. Como que fui cayendo en el asunto sin saber ni cómo. Tal vez no más por ofrecido. O porque así era la vida en esos tiempos. O porque así querían que fuera yo. ¡Pinche vida! Y el gringo y el ruso estudiaron mucho para llegar a ser lo que yo. Y este Licenciado, ¿qué es? Gorrón de cantina. Especialistas, dijo Del Valle. ¡Pinches pistoleros como yo! Y ora Martita me sale con eso de que soy tan bueno. ¡Jíjole! ¿Qué diría el Licenciado si le digo eso? Filiberto el bueno. ¡Pinche maricón! ¿Y qué diría si le cuento lo de Martita? Debería haber una facultad para pistoleros. Experto en pistolerismo. Experto en joder al prójimo. Experto en hacer fieles difuntos. Un año de estudios para aprender a no acordarse de los muertos que se van haciendo. Y otro para que, aunque se acuerde uno, le importe una pura y dos con sal. ¿Este Licenciado se acordará de todos los casos sucios en los que ha intervenido? ¿De todas las mordidas? Dicen que algunos hacen una marca en la pistola por cada difunto. ¡Pendejos! No se necesita hacer marcas para acordarse. Y el Graves capaz que anoche fue a hacerle una marca a su pistola. O capaz que lleva una lista. Y el ruso con sus reacciones. Si después de cada muerto, come como anoche, debería estar gordo. Y dice que a Graves le da por ir a contarlo todo, como quien se confiesa. Y Martita que se confiesa conmigo. Y sólo falta que me entren ganas de confesarme con ella. ¡Pinche confesión! Hay cosas que no se le cuentan a nadie. Mire, Martita, yo un día, en Parral, maté a una mujer. Me estaba haciendo pendejo y la maté. Y mire, Martita, allá en la Huasteca, estrangulé a un viejo con un cordón de la luz. Y en Mazatlán me eché a dos cuates en una cantina. Primero los emborraché. Allí quedaron, sentados en el suelo, apoyados en el mostrador, con los ojos muy abiertos. Los muertos siempre ponen cara de pendejos. Y yo haciéndole al buen Filiberto. Y mire, Martita, allí en San Andrés Tuxtla maté a un hombre y luego me tiré a su mujer, allí en el mismo cuarto, por la fuerza. Habrá sido una de las reacciones ésas de las que habla el ruso. Porque ahora esas cosas ya no son chingaderas, sino reacciones. La policía rusa hasta tiene una lista de ellas. Filiberto García, después de matar, acostumbra violar a la mujer del muerto.

—¿Está enojado, Capi?

—No, Licenciado. Y, por cierto, hace tiempo que le quiero hacer una pregunta.

—Lo que usted diga, Capi. ¡Otro tequila don Raymundo!

—Usted estudió en la Universidad y se recibió de abogado.

—El año de 29. Si quiere le puedo enseñar mi título. Lo debo tener por allí, en alguna parte.

—Y con todo y sus estudios y su título, como que no ha llegado a hacer nada, ¿verdad?

—Le dolió lo que le dije antes, mi Capi.

—No, no es eso. Pero me han dicho que usted se las sabe todas en eso de las leyes.

—*Suma cum laude*. Y no sirvió de mucho, ¿verdad? Gracias, Raymundo. Que sea a su salud, Capi. Tal vez era cierto eso que decía mi padre que también era abogado: Lo que natura no da, Salamanca no lo presta.

Vació la copa de un trago. Cuando volvió a hablar había en su voz una tristeza extraña.

—Mi padre era abogado y porfirista. De chaqué y bombín. Era juez y se decía que iba a ser magistrado. De los amigos de don Porfirio. Y no fue magistrado ni nada. ¿Sabe por qué, Capi?

—Por la Revolución.

—No. Muchos como él, hasta un compadre, le entraron a la Revolución. Pero mi padre era leal. Renunció. Él no servía a gobiernos usurpadores, a militares levantiscos y a chusmas. Renunció y no fue nada ni nadie. Citaba sus leyes en latín y hablaba francés y alemán, pero no fue nada ni nadie, porque quiso ser leal. Viejo pendejo.

—No hable así, Licenciado.

—Pero yo empecé a trabajar en esto de las leyes cuando era el tiempo de los militares. De los hombres como usted, Capi. Los militares y la ley como que no se llevan.

Más que saber todos los artículos del Código y los latinajos que me enseñó mi padre, importaba cuatificar con algún general, con alguno de nuestros muchos héroes. Porque una cosa se aprende con los militares: tener la razón vale un carajo, lo que importa es tener cuates. Ya ve el caso del finado Luciano Manrique.

—Está muerto, Licenciado.

—Sí. Como que lo descuatificaron. Pero resulta que en una amigocracia, un abogado que no es cuate sale sobrando. Ahora que lo pienso, mi padre fue leal a don Porfirio, pero yo no pude ser leal a las leyes que estudié. En lugar de la justicia, busqué la cuatificación. Lo que le hubiera pasado, Capi, si en su juventud le toca una época de a mucha ley.

El Licenciado calló. Una sonrisa tonta le vagaba por la boca. ¡Pinche Licenciado! Como que me está tomando el pelo. Con este Licenciado nunca se sabe. Como que no tiene miedo, pero tampoco tiene pantalones. Será por borracho. O porque ya todo le importa una pura y dos con sal. Y el ruso dijo que iba a venir a las doce. Capaz y ya no viene porque ya le dijeron que no soy experto. Y él le andará haciendo mucho a la tecnología. A la intriga internacional. Esperando los mensajes de las fronteras de Mongolia Exterior. ¡Pinche Mongolia Exterior!

El Licenciado levantó la mano para llamar la atención de Raymundo.

—Otro tequila, Raymundo. Y conforme se fue pasando el tiempo, Capi, aprendí a cuatificar, pero se me olvidaron las leyes. Y como para cuatificar no era necesario ir a la Universidad sino a la cantina, me fui haciendo borracho. Usted, Capi, porque tuvo oportunidades sin fin en su juventud, nunca se hizo borracho. Y ahora que vivimos una licenciadocracia, yo ya estoy demasiado cuatificado para servir de algo. Salud, Capi.

—Salud, Licenciado.

Bebió del tequila que le trajeron. Un trago corto, como de pájaro.

—Y para vivir, tengo que trabajar con los cuates, con gente como usted, como los de mi juventud. En eso soy como mi padre, que le fue leal a don Porfirio. Yo les soy leal a ustedes. Y por eso, como mi padre, estoy tan jodido.

Laski entró a la cantina. García le hizo seña para que viera donde estaba y le indicó al Licenciado que se pasara a otra mesa. El Licenciado recogió su copa, volvió a su sonrisa tonta y complaciente y se fue al mostrador. Laski se acercó:

—¿Qué hay, amigo Filiberto?

—Pensé que no vendría.

—¿Porque ya no está trabajando en nuestro asunto? Tiene usted un concepto muy pobre de la amistad, Filiberto.

—¿Qué pasó con eso de los sentimientos?

—Eso es verdad. No tenemos sentimientos. Pero podemos saludar a los buenos amigos.

Se sentó y pidió una cerveza.

—Me va a hacer mucho daño —dijo.

—¿Pa qué la toma?

—Una cosa he aprendido en México. En las cantinas hay una leche muy mala. Es una prueba más de lo antiguo de la cultura mexicana.

Laski probó su cerveza.

—¿Hay más noticias de Mongolia Exterior?

—No. Pero me ha interesado mucho su teoría sobre los cubanos y los chinos, Filiberto.

—¿Sí?

—Y he pensado que ya es tiempo que dejemos en las eficientes manos del amigo Graves la protección de su presidente y nosotros, amigo Filiberto, investiguemos lo que hay de verdad atrás de sus teorías.

—¿Yo por qué? Creo que también dejo en sus hábiles manos la defensa de los intereses rusos en Cuba. Yo tengo otras cosas que hacer.

—¿Irse a Cuautla con la señorita Fong?

—Entre otras.

—¿Y no le interesa saber si sus teorías son ciertas?

—Ya lo sé.

—¿No le interesa saber dónde están todos esos dólares?

—No son míos. Son de los chinos… o de ustedes.

—Pero están allí y no tienen dueño definido.

—Ustedes sabían que ese dinero era para provocar un golpe en Cuba, ¿verdad?

—Estudiamos esa posibilidad. ¿No quiere trabajar con nosotros, Filiberto?

—Ya tengo trabajo.

—Tiene que ir a Cuautla con la señorita Fong.

—No se meta en eso.

—No ha dormido en dos noches y está cansado, Filiberto. Pero quiero que piense en esta proposición. Y en los quinientos mil dólares que andan, por allí, sin dueño.

—No hay para qué pensar en ello, Iván Mikailovich. Ya me cansaron con tanto cuento de Mongolia Exterior y de Constantinopla y todas esas cosas. Yo no le hago a la intriga internacional, ni quiero hacerle.

Laski se le quedó viendo fijamente. En sus ojos había una gran tristeza.

—Amigo Filiberto, tovarich, yo sé lo que le pasa. Está ofendido con nosotros por lo de la otra noche, por lo que estuvimos hablando entre Graves y yo acerca de algunas aventuras antiguas. Pero le aseguro que no era por… por acomplejarlo, digamos. Yo sé de algunas

176

aventuras suyas que dejan muy atrás a las mías y por eso queremos su ayuda.

—Tengo trabajo.

—Por ejemplo, eso que hizo usted en el campo de entrenamiento que se había establecido en Chiapas…

—¿Qué sabe de eso?

—Nos molestó mucho el asunto. Ese campamento hubiera sido algo importante y usted lo desbarató todo. Nunca creímos que dieran con él, pero no contábamos con su olfato y su valor, Filiberto. Y pensamos que tan sólo, en el peor de los casos, aprehenderían a los muchachos. ¿Por qué los mató?

—Porque no me gusta ser yo el muerto. ¿Ustedes entrenaron a esos hombres?

—Eran buenos agentes infiltradores. Cuando los mató, hasta se pensó en las altas esferas ponerlo en la lista de gente que es necesario liquidar. Qué bueno que no lo hicimos.

—Hasta la vista, Iván Mikailovich.

—Le preguntaré de nuevo, en dos o tres días, cuando termine el alboroto de la visita presidencial.

—No pierda el tiempo.

García salió y, en la tabaquería, tomó el teléfono público y marcó un número:

—¿Gomitos? Habla García…

—Ya le tengo su información Capi. ¿Está seguro de que no se va a enojar el Coronel?

—Seguro.

—El teléfono que dice está en una casa de la calle de Dolores, a nombre de una sociedad Hong Kong Pacific Enterprises.

—¿Qué número en Dolores?

—La casa 189. Sin número de departamento. Y hay otra cosa.

—¿Qué?

—Fue instalado hace apenas dos semanas.

—Gracias, Gomitos. Hasta la vista.

—¿Si me pregunta el Coronel…?

—No tiene por qué preguntarle nada, pero si lo hace, dígale que me dio la información.

Colgó el teléfono y tomó un camión. Es inútil esperar un taxi. Debería haber traído el coche, pero luego dónde lo dejo. ¡Pinche Coronel, que no quiere que usemos placas especiales! Y los centavos allí en la calle de Dolores, cerquitita de donde voy tan seguido. Y ora este ruso que quiere que trabaje con él. ¿Cuántos agentes tendrán metidos en esta cosa? Unos que conocemos y otros que andan muy serios de turistas. Y el Del Valle que dice que no soy experto, pero bien que me quieren conchavar los meros expertos. Martita ya habrá regresado de sus compras. Ganas tengo de mandar todo al diablo para irme a acostar. ¿Qué me importa a mí si matan al presidente de los gringos? ¿Y qué me importa la paz del mundo? Y mañana a estas horas ya sabremos si se quebraron al presidente o no. Pero ya los gringos del FBI habrán puesto toda su protección. Son expertos. Como lo fueron en Dallas. Y yo como que esta noche caigo en la calle de Dolores. Con esos centavos, ¿qué me importa lo que pase? Y el pinche Licenciado con sus memorias. Parece que todos le andamos haciendo a las memorias y a las confesiones. Como que no le fue leal a sus leyes. ¡Pinches leyes! Ésas son para los pendejos, no para nosotros o para los abogados. Como que nos quitaron la Revolución de las manos. Pero yo nunca la tuve en las manos. El que nace pa maceta no pasa del corredor. El general Miraflores sí que se encaramó, pero ahora ya lo dejaron atrás los licenciados.

La casa de la calle de Camelia resultó ser una vecindad de aspecto antiguo. Tocó en la puerta del cuarto que le dijeron y abrió una mujer vestida de negro, delgada, de grandes ojos oscuros.

—¿Ester Ramírez?

—¿Qué quiere?

—Policía.

—Pase.

Entraron a la sala pequeña, de piso de madera, pintado con congo amarillo. La mujer, se notaba, había hecho lo posible porque pareciera una sala, con dos mesitas débiles con sus carpetas bordadas y sus juguetes de porcelana, sacados de alguna antigua posada provinciana. Había cortinas, pero los esfuerzos que se habían hecho, más que disimular la pobreza, le daban cierto realce.

—Siéntese —dijo la mujer.

García se quitó el sombrero y se sentó en una de las sillas. La mujer se sentó en otra. Esta vieja ha estado chillando. Capaz y le tenía ley al difunto. Y ahora está como que ya se vació por dentro, como que ya no tiene nada.

—¿Qué se le ofrece?

—Quiero hablarle de Luciano Manrique.

—¿Para qué? Ya le dije a la policía lo que sé y él... él está muerto. ¿Ya para qué?

—¿Le dijo a la policía lo del Sapo y el gringo?

—No sé quiénes son.

—Tal vez ellos mataron a Luciano. Eran sus cuates... El Sapo había estado con él en la policía, allá en su estado.

—Sí.

—¿Lo conocía?

—Sí. Era un hombre malo.

—¿Y era amigo de Luciano?

—Le dije que no hiciera nueva amistad con él. Era un hombre malo, era un matón profesional. Luciano nunca había matado a nadie, nunca...

—Pero estuvo preso.

—Sí. Y yo trabajaba en un burdel y por eso ya nunca podemos vivir en paz. Por eso ya no tenemos derecho a nada. Ni siquiera tengo derecho a estar sola en mi casa, pensando en él, en que fue bueno conmigo, en que yo lo quería. Eso le suena chistoso, ¿verdad? Una mujer de burdel que quiere a un hombre. ¿Le suena chistoso?

—No.

—Era lo único que tenía yo, ese cariño por Luciano. Lo único, ¿me entiende? Y ahora eso se ha acabado. Y no puedo estar sola en mi casa, para pensar en él.

—¿Qué negocios tenía con el gringo?

—No sé de sus negocios, ni quiero saber de ellos. Luciano era bueno, pero era débil y tenía ambiciones. Decía que me quería dar muchas cosas y, a veces, cuando tenía dinero, me daba cosas. Yo no le pedía nada, tan sólo que estuviera aquí y fuera bueno, pero él me quería dar cosas, quería ser importante. Hace tiempo le rogué que tomara un trabajo. Necesitamos pocas cosas. El general Miraflores le hubiera dado un trabajo seguro, pero él no quiso. Buscaba otra cosa… Y ahora está muerto.

—¿Hablaba de que iba a hacer dinero?

—Siempre hablaba de eso, pero yo ya no lo oía. "Ya ve escogiendo el coche", así me decía. "Este asunto no nos puede fallar." "Nos vamos a ir a vivir a una casa propia." Así me decía, porque me quería, porque era bueno conmigo, pero yo sabía que eso nunca iba a suceder. Ya ni siquiera le rogaba que se olvidara de esas cosas. Sólo lo seguía queriendo, sólo eso.

García quedó en silencio. ¡Pinche vieja! Va a seguir hablando de su difunto, como si eso importara. Y luego dicen que Filiberto García acostumbra violar a las viudas de los que mata. Pero ahora es maricón.

—Yo debí decirle con más fuerza, debí amenazarlo con dejarlo, pero como me sacó del burdel, no me hacía caso, no hacía aprecio de mis palabras. Y es cierto eso, él me sacó del burdel, porque era bueno conmigo.

—Últimamente, ¿tenía dinero?

—No sé. A veces sí. Hace una semana me dio para pagar tres meses de renta que se debían y para pagarle al gachupín de la tienda. Y me compró unas medias. Así era él. Pero ahora ya me lo mataron. Y en la policía no me quieren decir nada. Sólo me pidieron que identificara el cadáver. Anteanoche lo esperé toda la noche y sólo ayer en la tarde me vinieron a decir. Así son ustedes, los de la policía. Y le hablé entonces al general Miraflores, que nos ha ayudado muchas veces. Sólo quería que me entregaran su cuerpo para velarlo y enterrarlo. Pero no quiso hacer nada, no quiso ni hablar conmigo. Así me dijo su asistente, que el General no quería hablar conmigo y no tenía nada que ver con Luciano. Así son los amigos en la aflicción.

—¿Quién le dio el trabajo que estaba haciendo?

—No sé qué estaba haciendo. Me dijo que era algo grande, muy grande. Eso me dijo. Yo no quería que se metiera en esas cosas grandes, pero no hacía aprecio de mis palabras. Nosotros nunca hemos sabido de esas cosas grandes, no son para nosotros. Nuestros negocios son chicos, para gente que ha salido de la cárcel y del burdel. Y ahora está muerto, señor, está muerto, y el que lo mató, ¿qué sabía de lo bueno que era conmigo? ¿Qué sabía de las cosas que me decía? ¿Qué sabía de cómo me sacó del burdel porque yo no estaba contenta allí?, nunca estuve contenta allí. Pero eso no lo entienden los hombres que matan. Parece que no supieran que cuando lo hacen, ya no tiene remedio.

—¿Quiere averiguar quién lo mató y por qué?

—¿Para qué? Lo mató un hombre…

—¿No quiere saber quién?

—Un hombre.

—¿Y si fueron el Sapo y el gringo ese que vive allí en un hotel de la calle de Mina?

—¿Qué importa?

—¿No quiere que los castiguen?

—¿Qué importa? Mire, señor, yo sé que él no era gran cosa, el pobrecito. Pero era un hombre y tenía derecho a estar vivo, como usted o como yo. Y lo mataron. Y él nunca había matado a nadie. Sería ladrón, sería padrote como dicen, pero no era un pistolero, no era un asesino. Ni siquiera usaba pistola. Sólo una cachiporra, para defenderse. Había hecho cosas malas, pero, ¿quién no las ha hecho? Y tenía las manos limpias de sangre. Y ya me lo mataron.

—¿Y el gringo?

—Le dije a Luciano que no tuviera que ver con él. Pero me dijo que íbamos a salir de pobres para siempre, que íbamos a ser gente importante. "No sabes todo lo que vamos a hacer, señora Manrique", así me decía porque era bueno conmigo. No estábamos casados, pero cuando estaba contento me decía siempre señora Manrique. Y hasta dijo que nos íbamos a casar y que íbamos a vivir en casa propia, en Chihuahua. Él iba a dedicarse a la cacería del venado. Ya hasta tenía el rifle.

—¿Lo tiene aquí?

—¿Qué?

—¿El rifle?

—No, lo tiene el gringo. Él se lo trajo del otro lado.

—¿Luciano había sido cazador?

—No, pero iba a serlo. Me contaba que de muchacho iba de cacería con unos señores que lo llevaban. A veces era como un niño. Vivía de ilusiones, de ganas de hacer cosas que le decían que eran de gente importante, como eso de la cacería. Y hace cuatro días me trajo el rifle a que lo viera yo. Creo que no sabía ni usarlo, pero estaba muy contento con él. Me dijo que el gringo se lo iba a regalar.

—¿Cómo era el rifle?

—Yo no sé de eso. Tenía un anteojo encima del cañón y me hizo que viera por él. Era como un niño.

Quedaron en silencio. ¡Pinche niño! Jugando con el rifle con el que van a matar al presidente de Estados Unidos. Pero ahora está muerto. Yo tanteo que Martita no entendería de estas cosas. Aunque dice que ha visto tantas cosas allá en Cantón. Pero éstas son cosas de Mongolia Exterior. ¡Pinche Mongolia Exterior!

—¿No sabe si tenía amigos entre los chinos de aquí?

—No. Nunca le oí hablar de alguno de ellos. Ni siquiera el chino del café de la esquina. Luciano estaba enojado con él, porque no le quería fiar.

—¿Y el Sapo? ¿Cuándo vino a buscarlo?

—Hace como dos semanas o menos. Vino a sonsacarlo. Yo siempre le tuve desconfianza a ese hombre. Sé que es malo. Una vez, en Tampico, mató a una de las muchachas del burdel. Nada más porque sí. Es malo. Y yo se lo dije a Luciano, pero estaba endiosado con el dinero que le habían ofrecido y con que me iba a comprar casa en Chihuahua. Así era él. Todo lo quería para mí y ahora me lo mataron.

—¿Para qué quería sonsacarlo el Sapo?

—No sé. Pero era para algo grande. Junto con el gringo ese. El pobre de Luciano siempre había querido hacer algo grande.

—¿Le hace falta dinero, Ester?

—¿Para qué?

—Hay gastos. Mire, le voy a dejar quinientos pesos.

Salió de la casa. Ester se quedó sentada, con el billete en la mano, como si no se hubiera dado cuenta de nada. ¡Pinche pendejo! Pero esto se lo podré contar algún día a Martita. Pero no. Ella vio al difunto, vio el cuchillo. No va a entender esto. Y tiré quinientos pesos y no sé ni para qué lo hice. Otra vez haciéndole a la novela Palmolive. Ya me había dicho lo que me interesaba saber y sin darle dinero. Pero allí va el maje. "Tome quinientos pesos para lo que se le pueda ofrecer." Y ni siquiera sé si se dio cuenta de que se los puse en la mano. ¡Pinche pendejo!

En el tercer hotel que visitó en la calle de Mina, dio con el nombre de un americano. Edmund T. Browning, de Amarillo, Texas. Turista. Era el único turista gringo en el registro, porque el hotel Magallanes no parecía recibir a muchos turistas extranjeros. El encargado, un muchacho delgado, bien vestido, de grandes ojos oscuros y cabello abundante y ansioso de peluquería, estaba nervioso:

—Nunca hemos tenido dificultades con la policía, señor. Éste es un hotel para familia…

—Por lo menos para hacer familias —dijo García.

El encargado lo vio con tristeza y repugnancia. Ya la fregué. Éste me resultó de la manita rota. Como que le hace agua la canoa.

—¿Cuándo llegó Browning?

—Hace seis días. Parece ser un hombre muy serio, muy correcto.

—¿De dónde venía?

—De Estados Unidos. Vino en su coche y yo mismo le di el cuarto 328. Quería un cuarto interior, sin ventanas a la calle, por el ruido. Es muy delicado.

—¿Qué coche tiene?

—Un Chevrolet precioso. Impala, nuevo.

—¿Está en su cuarto?

—No, ha salido.

—Déme la llave.

—No sé si deba, señor policía…

García lo tomó de la corbata y casi lo sacó de atrás del mostrador.

—Esto es un abuso.

—Déme la llave.

—Es un abuso, me voy a quejar…

García lo cacheteó con la mano izquierda. El encargado despedía un olor a perfume dulzón.

—Es un abuso —dijo con los ojos llenos de lágrimas.

García lo soltó de golpe, empujándolo hacia atrás. Cayó al suelo dando con la cabeza contra el casillero de las llaves. Le escurría un hilo de sangre de la boca. García se estiró y tomó la llave del cuarto 328. El encargado lo veía con los ojos cargados de odio.

El elevador se detuvo en el tercer piso. El cuarto 328 quedaba a la derecha. 300 a 325 a la izquierda, 326 a 340 a la derecha. García tocó en la puerta, esperó unos momentos y abrió. El señor Browning era un hombre ordenado y metódico. Había dos trajes colgados en el clóset y también había allí un rifle de cacería, en su funda de cuero, con su mira telescópica. En la tabla de arriba del clóset estaba una caja con veintiocho cartuchos para el rifle. García sacó el arma de la funda. ¡Pinche gringo! Sabe cuidar un arma. Está bien aceitada. Pero no le ha puesto demasiada grasa. Listo para usarse, como quien dice. Un regalo para su Latin American friend Luciano Manrique, pero listo para usarse. Y éste no lo vieron en la aduana. Y capaz que ni pasó por la aduana.

En una bolsa del estuche estaban los instrumentos necesarios para limpiar el rifle. Unos trapos, un escobillón y una lata de aceite Tres en Uno. Hecho en México.

Volvió a poner todo en su sitio, salió y cerró la puerta con llave. Cuando llegó abajo, el encargado ya se había limpiado la sangre y se estaba peinando. Parecía a punto de llorar.

—Aquí tiene la llave, amiguito.

—Gracias.

—Y dígale a Browning que vino la policía.

—Sí, se lo diré.

—Y otra cosa, amiguito…

El encargado se echó hacia atrás, hasta quedar con la espalda pegada a los casilleros, lo más lejos posible de García.

—¿Vienen muchos amigos a ver al señor Browning?

—No sé, señor.

La mano de García se extendió hacia él. La vio venir pero no hizo nada por evitarla. La mano le tomó de nuevo la corbata y lo obligó a adelantarse.

—Han venido dos señores…

—Eso está mejor. No se diga que no coopera usted con la policía, amiguito. ¿Cómo se llaman los visitantes?

—La verdad es que no lo sé, señor. Le juro a usted que no lo sé. Nunca me lo han dicho.

—Uno de ellos es alto como yo, moreno, grueso, de ojos saltones, ¿verdad?

—Sí. Es el que viene más seguido.

García soltó la corbata. El encargado se echó hacia atrás, contra los casilleros. Con los ojos desesperados veía hacia la puerta, como si esperara la llegada de alguien.

—Gracias, amiguito. Y para otra vez, sea más rápido con su información. ¿O es de esos que les gusta que los golpeen?

—No, señor, no. Y esto… esto es un abuso…

—Sí, amiguito, esto es un abuso. ¿Qué otra gente viene a visitarlo?

—El otro hombre, bajo, delgado, que usa siempre una gabardina.

—¿Y mujeres?

—En este hotel no permitimos...

—¿Mujeres?

El encargado estaba cada vez más nervioso. Tenía los ojos llenos de lágrimas. La mano de García volvió a extenderse hacia él.

—Tiene una mujer en el cuarto 311.

—Vamos a verla.

—Pero, señor... No puedo dejar el puesto. Mi ayudante fue a comer y no regresa sino...

—Vamos a verla. Traiga su llave maestra.

El encargado vio hacia todos lados, como buscando a alguien que lo ayudara, pero no había nadie. De abajo del mostrador tomó una llave atada con una cadena a una barra grande de plástico y salió al hall. García le tomó el brazo con fuerza y sintió cómo temblaba. ¡Pinche maricón! Tiene más miedo que una gallina. Y todo muy perfumadito.

Se detuvieron frente al cuarto 311.

—Abra.

—¿No tocamos antes? La señora puede estar... Puede estar desvestida.

La presión de la mano se hizo más fuerte.

—No veo en qué le pueda molestar ver a una mujer en pelota, amiguito. Abra.

Abrió la puerta. Una voz femenina preguntó desde el interior del cuarto:

—¿Quién es? ¡Ah, eres tú, Mauricio! Deberías tocar antes de entrar...

Se quedó muda al ver a García que entraba tras de Mauricio. La mujer estaba acostada en la cama, cubierta hasta medio cuerpo por la sábana y desnuda del resto. No se había arreglado ni peinado. Al ver a García, rápi-

187

damente subió la sábana y se cubrió los senos pesados y duros. Tendría unos treinta años, de cara fina, grandes ojos claros y nariz aguileña. Sus facciones contrastaban con lo pesado de sus senos.

—¿Quién es ese hombre? —preguntó.

—No se espante, niña.

—No puedo recibir a nadie. Mauricio, ¿cómo te atreves a traer a este señor? Ya sabes que no puedo recibir a nadie…

García se adelantó hasta quedar junto a la cama y se le quedó viendo fijamente. Tenía los ojos duros, sin emoción alguna. La mujer tenía que alzar la vista para mirarle la cara y con eso parecía suplicar.

—Le digo que no puedo…

—¡Cállese!

—Pero es que…

—Le digo que se calle.

—Es que… yo creo que hay un error. Ahora no puedo atenderlo. Edmund puede venir en cualquier momento y…

—¿Qué sabe de ese gringo?

—¿De Edmund?

—Sí.

—Es mi amigo. ¿Es un delito eso?

—¿Qué hace en México?

—Está de turista, paseando. Y lo hace porque tiene dinero para hacerlo.

—¿Y qué más hace?

—Yo qué sé. Y usted, ¿quién diablos es? Voy a decirle a Edmund cuando venga que…

García, con la mano izquierda, la empujó hacia atrás sobre la almohada y con la derecha le tomó un seno y lo empezó a oprimir y a torcer. La mujer quiso gritar, pero le cubrió la boca con la mano.

—¿Qué hace el gringo en México?

Las lágrimas escurrían por la cara de la mujer. García seguía oprimiendo el seno, cada vez con más fuerza. Le quitó la mano de la boca. Mauricio veía la escena con los ojos desorbitados, mientras le escurría la baba de la boca entreabierta.

—¿Qué hace el gringo?

—Suélteme, por favor suélteme. No lo conocía de antes, se lo juro, no lo conocía. Me contrató para que lo viniera a acompañar... Por favor, suélteme, me está lastimando... Maldito gringo. No sé para qué quiere tenerme aquí. Él nunca está... Por favorcito, señor, suélteme...

García la soltó. La mujer no se cubrió los senos. Respiraba aprisa, como si estuviera excitada. Trató de sonreír.

—Gracias —dijo.

No se sobó el seno lastimado. Veía fijamente a García.

—¿A dónde va cuando sale?

—No sé. ¿Por qué no le dice a Mauricio que se vaya? Tres es mucha gente.

—¿Sale con sus amigos?

—Sí. Con ese tipo que le dicen el Sapo y con otro... A veces regresa hasta muy noche, pero nunca viene borracho. Dile a Mauricio...

—¿Sale usted con él?

—Una vez. Me llevó a dar una vuelta en su coche. Yo quería ir a Chapultepec o al Pedregal... Pero me llevó a esa plaza donde están poniendo la estatua de la Amistad. No sé qué tantas cosas quería ver allí, pero estuvo dando vueltas, casi sin hablar. Por favor, dile a Mauricio...

Ahora se acariciaba el seno lastimado, no como para aliviar el dolor, sino con un gesto sensual, inconsciente.

—Dile a Mauricio, por favorcito. Tres es mucha gente...

—¿Iban los dos solos en el coche?

—Dile a Mauricio...

—¿Iban los dos solos?

—Oiga, después de todo, quién se ha creído que es, ¡desgraciado! Sáquese de aquí antes de que...

García se inclinó sobre ella y le cubrió los senos con la sábana. Luego se volvió hacia el encargado.

—Vámonos, Mauricio.

Salieron y cerraron la puerta. La mujer lloraba en la cama. En el pasillo, Mauricio se atrevió a hablar. Le temblaban las manos:

—El señor Browning se va a poner muy enojado y seguramente Doris le va a contar todo.

—¿Tú le conseguiste a Doris?

—¡Yo soy incapaz!

—¿Tú se la conseguiste?

La mano apretó el brazo con fuerza, jugando la piel sobre el hueso.

—Yo... yo los presenté.

—¿Él te pidió una mujer?

—Me dijo que... que quería conocer a una muchacha. Y entonces le presenté a Doris...

Bajaron en el elevador. Mauricio corrió casi a refugiarse tras del mostrador. García se acercó:

—Yo creo, amiguito, que es mejor que no le diga al gringo. No va a estar mucho tiempo aquí.

—Sí, señor...

Salió a la calle y buscó un teléfono público:

—Habla García, mi Coronel.

—¿Más muertos?

—No. Es necesario que lo vea, creo que he topado con algo importante.

—Venga.

—Tal vez sea mejor no vernos en la oficina, Coronel. Ya luego entenderá por qué.

—¿Dónde está?

—En la calle de Mina, el hotel Magallanes.

—Eso queda casi en la esquina con Guerrero. Espéreme en la banqueta, en la esquina. Voy en mi coche, en el Mercedes.

—Bien, mi Coronel.

Caminó hasta la esquina. Eran las dos y media de la tarde. No quedan ni veinticuatro horas, pero ahora sí ya se le ve la punta al asunto. ¡Pinche Mongolia Exterior! Y siento como que me andan siguiendo. Al changuito aquel lo he visto dos veces. ¡Pinche ruso! Conque me iban a ver la cara de pendejo con su equipo y de a mucha tecnología y mucha Mongolia Exterior. Y mucho traernos a la carrera con sus chales y sus dólares de Hong Kong. Eso es lo que en la guerra le llaman cortina de humo. ¡Pinche cortina! Y atrás de la cortina andaban los otros muy aguzados. Y muy seguros de que ya nos habían visto toda la carota. Y de mucho rifle con mira telescópica. Se están creyendo que aquí es como en Dallas. Pero no saben lo que es matar a un presidente. Aquí, para hacer eso, hay que ir y meterse allí mismito, en donde está. Y luego hay que morirse allí mismito. Ese changuito me anda siguiendo y como no camino, lo tengo jodido, que no sabe qué hacer. Que me siga. Yo ya acabé con este asunto. Nomás le suelto el paquete al Coronel y me voy a la casa. Con Martita, a ver las cosas que ha comprado. Y capaz que yo le compre alguna cosa. Porque ahora se acabó eso de andarle haciendo a la novela Palmolive. Ora lo hacemos en serio y lo hacemos porque los dos queremos hacerlo. Como conviene que sea y no como siempre ha sido conmigo. Y no más por eso, le llevo a

Martita una cosa. Un prendedor. O puede que mejor un reloj de pulsera. No tiene. ¡Pinche chino Liu! Y puede que antes de ir a la casa, no más como para darme un quemoncito, me dé una vuelta a Dolores y vea ese lugar donde tienen la fierrada. Para luego caerles en la noche. ¡Pinche Doris! De no haber tenido tanta prisa, quién quita. Y de no ser por Martita. Pero está buena, Y como que le estaba gustando el agarrón. ¡Ah viejas más güilas! Y a mí también me estaba gustando. ¿Para qué es más que la verdad? Pero ora, al llegar a la casa, estoy con Martita y luego la llevo a cenar, antes de ir por la fierrada. Saco el coche para llevarla. Allá por las Lomas. Y mañana a Cuautla y puede que hasta a Acapulco. Se ha de ver rechula en traje de baño. Y eso le gustaría. Yo creo que nunca se ha paseado. ¡Pinche chino Liu! Y el Del Valle que dice que estos asuntos son para expertos. Y va teniendo razón. Lo que no sabe es que el merito experto soy yo mero, su papachón, desgraciado. Porque a mí la Mongolia Exterior me hace lo que el aire le hizo a Juárez.

VI

El Coronel detuvo el coche en la esquina.

—Suba, García.

Arrancaron.

—¿Qué sucede?

—Creo que ya dimos en el clavo, mi Coronel.

Le contó lo que había hecho en el día.

—¿No recogió el rifle?

—No quería alarmarlos, mi Coronel.

El Coronel manejaba en silencio. Meditaba. Sacó un cigarrillo y lo encendió. Dejó escapar lentamente el humo. Torció por una calle lateral y detuvo el coche. García vio hacia atrás, buscando al que lo seguía.

—¿Por qué no me pudo decir esto en la oficina?

—Porque allí no sabemos quién nos esté espiando. Si la gente que creo está metida en el asunto, puede tener, y seguramente tiene, sus espías en su oficina, mi Coronel.

—Puede ser. Alguien le avisó a Manrique que usted se iba a encargar del asunto.

—Sí.

—¿No serán los mismos rusos, como sospechaba antes? Se pueden aprovechar de que creen que le vamos a echar la culpa a los chinos.

—No creo, mi Coronel. Esos rusos saben organizar sus cosas. No usan a gente como Luciano Manrique o el Sapo. Esto es local. Y yo veo clarito que el atentado no va en contra del presidente gringo, sino en contra del nuestro. Aprovechando los rumores, mi Coronel.

El Coronel siguió fumando en silencio. Éste le está dando más vueltas al asunto que una ardilla en su jaula. Capaz y hasta está echando cuentas de qué lado le conviene quedar.

—Es peligroso lo que dice, García.

—Por eso quise decírselo donde no lo oyera nadie.

—Si es cierto, la gente complicada está muy arriba, muy arriba. ¿Entiende?

—Sí.

—Y hay que obrar sobre seguro.

—No queda mucho tiempo, Coronel.

—No, no queda. ¿Y cómo cree que pretendan cometer el atentado?

—Es fácil. Le dan tarjetas de policía al Sapo y al gringo y los ponen entre los que van a vigilar la plaza. Con el rifle.

El Coronel tomó el radio del coche y habló. Ordenó que se apostara una guardia en el hotel Magallanes y se aprendiera al gringo Browning, lo mismo que al Sapo. También ordenó que se recogiera el rifle del cuarto de Browning.

—Probablemente tienen otras armas dispuestas, mi Coronel. Y hasta otros hombres.

—Sí.

—Habrá que darles en la cabeza, en los meros meros.

El Coronel estaba pensativo.

—¿Está completamente seguro de sus datos?

—Sí.

García encendió un cigarro. El Coronel quiere que yo sea el que diga que me encargo de los pollos gordos, por mi cuenta. De a mucha lealtad. Y así, si sale la cosa mal, luego dicen que fue el pendejo de García el que lo hizo y me queman. Pero ya lo saben. Sin órdenes, nada.

—Tampoco conviene contarle esto al FBI —dijo el Coronel—. Y menos pedirles que nos ayuden. Y necesitamos gente segura.

—Sí, mi Coronel.

—No tengo a quién confiarle la vigilancia de esos hombres, de los principales. Es asunto muy delicado.

—Para expertos, mi Coronel.

El Coronel lo vio brevemente. Había una especie de sonrisa en sus labios. ¡Pinche Coronel! No quiere dar la orden clara. Y mientras, yo me le hago el maje. Si quiere que me quiebre a esos changuitos, que lo diga. Pero yo no tengo experiencia en eso. Esos serían cadáveres y yo sólo sé de pinches muertos.

—Desde Obregón a la fecha —dijo de pronto el Coronel.

Sí. Desde que se quebraron a mi general Obregón, presidente electo. Pero para eso no se anduvieron con cuentos de la Mongolia Exterior. Toral fue, y lo mató allí, frente a todos. Y luego se tronaron a Toral. Eso se entiende. ¿Qué tal si en aquellos años salen con las pendejadas de Hong Kong y la Mongolia Exterior?

—Esto es muy grave para México —dijo el Coronel—. Hemos creado de la Revolución un orden jurídico que no debe romperse. ¿Entiende lo que es eso, García? Un gobierno bajo el imperio de la ley. Eso vale más que las vidas de algunos locos.

El changuito de ese Fiat verde que se detuvo allá es el mismo que me andaba siguiendo. ¡Pinche ley! Y luego eso de que "hemos creado", somos muchos. Cuando los plomazos, éste estaba pegado a la teta de su madre. Y para mí que sigue pegado a la teta de mamá presupuesto y está calculando de qué cuero salen más correas o de qué lado cae el ladrillazo. Qué saben éstos de lo que es hacer la Revolución, de lo que es andarse muriendo por esos caminos.

—Un gobierno de leyes —dijo el Coronel—. Eso es lo que tenemos que conservar a toda costa.

Para mí que está ensayando su discurso del 16. La Revolución no se ha convertido en nada. La Revolución se ha acabado y ahora no hay más que pinches leyes. Y así, por todos lados, nos andamos haciendo pendejos. Todos, de una manera o de otra. Con mucho primor, como dicen los corridos. Para mí que el Licenciado es el único revolucionario que queda, porque es el único que no cree en las leyes. Antes, cuando había que quebrarse a alguien, lo decían por lo derecho, daban la orden y dejaban las frases bonitas para los banquetes. Y este pinche Coronel como que está sufriendo de veras. Ora sí está viendo lo que es parir en Viernes Santo. Como que no halla la respuesta y él solito tiene que hallarla. Aquí no le sirven todo su equipo y su laboratorio. Aquí se jodió. Él solito, como la parturienta. Y a la puja y puja y no le sale el chamaco.

—La verdad, García, es que para un caso como éste, no tengo hombres de suficiente confianza.

—Tiene muchos hombres.

—Sí, pero esto es especial. Hábleme a las diez de la noche, puede que para entonces tenga algunas órdenes que darle.

—Yo quería pedirle un permiso, mi Coronel.

196

—Puras habas. Me ha hecho pensar en muchas cosas y tengo que ponerlas en orden y averiguar un poco más. Hábleme a las diez. Y comprenda que si es cierto lo que supone, estamos pasando por uno de los momentos más graves de nuestra historia.

—Sí, mi Coronel.

—Ya sé que tiene una amiguita nueva, una china. Pero eso puede esperar. Esté en su casa a las diez y llámeme.

¡Pinche Coronel! Ya hasta él lo sabe.

—¿Dónde quiere que lo deje?

—En la avenida Juárez, mi Coronel. Voy a la casa.

—Espero su llamada a las diez. No me falle y no salga de su casa. Lo pudiera necesitar antes.

—Sí, mi Coronel.

Pagó cuatro mil pesos por el reloj. Luego habrá que ponerle una pulsera de oro, pero no muy gruesa, porque Martita tiene las muñecas delgadas.

—¿Se lo envuelvo para regalo?

—Por favor, señorita.

—¿De cumpleaños?

—Más bien de nacimiento.

—¡Ah! Es para la mamá de la nietecita…

La dependiente sonrió y envolvió el estuche en papel de china blanco y le puso un moño rosa. Con esto está bueno. Voy a ver cómo abre el estuche y cómo se prueba el reloj. No sé si haya que ponerlo antes a la hora o dejar que ella lo ponga. Y así me preguntará qué horas son. Y a las diez hay que ir a ver al Coronel y antes, aquí a Dolores, a ver dónde está la fierrada. Y mañana, con eso, le compro un abrigo de pieles a Martita. Si no es que para las diez ya el Coronel se fajó los pantalones y me da la orden. Y Martita se va a quedar sola otra vez, esperando. ¡Pinche Coronel! Y yo, ¿qué le digo a Martita? Espérate, mi hijita, que nada más voy a matar a unos changuitos y vuelvo. Está gacho eso. Yo creo que después de ésta mejor renuncio. Al cabo ya tengo mis centavos y luego, si cae lo de la calle de Dolores… Para mí y para Martita. Y luego para ella sola. Hay que ver al Licenciado para que me haga un testamento. ¡Pinche testamento! Los centavos todos para Martita y la memoria de mis fieles difuntos para el hoyo, junto conmigo.

Salió de la tienda, caminó una cuadra y se adentró por la calle de Dolores. Se detuvo ante el número que le habían dicho. Era la tienda de Liu, cerrada a piedra y lodo. Ora sí que me creció. ¡Pinche chino Liu! Conque anda complicado en lo de Cuba. Y esta noche le doy su llegoncito, por Martita y por los centavos. Con razón me advirtió que los chinos me querían porque no veo, no oigo y no hablo. Por pendejo, hubiera dicho.

El Chino Santiago estaba en el restaurante.

—¡Señol Galcía, señol Galcía!

García entró y lo saludó.

—¿Busca al honolable señol Liu?

—¿No está?

—No. No ha abielto su tienda en todo el día y eso es malo, mu malo. ¿Ya sabe de Maltita?

—No.

—Yo cleí…

—¿A dónde fue Liu?

—No sé. Lo vi salil. Es posible que esté en la Alameda, tomando el sol. ¿Lo voy a buscal?

—No, vendré más tarde.

Salió y tomó el camino de su casa. ¡Pinche Liu! Capaz y que le ha dolido en serio lo de Martita. Pero es raro, porque a estos chinos eso no les importa mucho. O anda espantado con lo del dinero y los muertos de anoche, que habrán sido sus cuates. Capaz y ya se peló con la fierrada.

¡Pinche Liu! Más vale caerle en la noche y darle un susto. Si le digo que le traigo noticias de Martita, seguro y me abre. Y no tiene por qué saber que yo andaba anoche en la matanza de sus cuates. Seguro me abre, aunque sea para disimular. Y cáigase con la lana. Toda en billetes de a cincuenta.

Llegó a su casa a las seis de la tarde. Se metió el estuche del reloj a la bolsa y subió a su departamento. Abrió la puerta. El sofá de la sala estaba lleno de cajas y bolsas de El Palacio de Hierro. En la mesa había una caja con tres corbatas. García se sonrió. ¡Pinche Martita!, le dije que se comprara cosas para ella, no para mí.

Sin hacer ruido, con sus pisadas de gato, fue hasta la puerta de la recámara. Debe estar durmiendo. No se ha acostumbrado a mis horas. Va a decir que siempre la vengo a ver cuando está durmiendo.

La puerta de la recámara estaba entornada.

—¡Martita!

No le contestó nadie. Se sacó el estuche de la bolsa y empujó la puerta. No estaba en la cama. Puede que esté en el baño, pero no se oye ruido.

Pero Marta no estaba en el baño. Estaba en el suelo, junto a la cama, cubierta de sangre, las piernas encogidas, los ojos abiertos.

García se acercó lentamente. Se arrodilló. Se quitó el sombrero y lo dejó caer al suelo. Luego, con los dedos, le cerró los ojos. La tomó en sus brazos y la puso sobre la cama. No había muerto hacía mucho. Le estiró las piernas y le cruzó los brazos sobre el pecho. Ya no escurría la sangre. Sacó una sábana limpia y la cubrió con ella. De la boca le había corrido una poca de sangre. Se la limpió con el pañuelo. Luego dobló el pañuelo cuidadosamente y se lo guardó en la bolsa. Recogió su sombrero y lo puso en la cómoda y puso el estuche del reloj en el buró. Aún escurría una poca de sangre de la boca. Se la limpió nuevamente con el pañuelo. Se inclinó y la besó en la frente. Luego le cubrió la cara con la sábana y se sentó en la silla, junto a la cama.

Su cara estaba inmóvil. Como de piedra amarga. Tenía las manos cruzadas sobre las piernas. El odio le empezaba a doler en los ojos.

Más tarde se levantó y fue a la sala. Recogió todas las cosas que había comprado Marta y las guardó en el clóset. Allí mismo echó el reloj. Luego se volvió a sentar junto a la cama. Había tiempo, mucho tiempo. Más tarde volvió a descubrir la cara de Marta. Había una poca de sangre seca en la comisura de la boca. La limpió con el pañuelo, pero quedó una mancha en la mejilla. Mojó el pañuelo con agua de colonia y lavó la mancha. Volvió a sentarse.

Con el brazo se apretaba la pistola contra las costillas. Siguió sentado. Quedaba mucho tiempo.

A las ocho y media tomó el sombrero y salió. Cerró con mucho cuidado la puerta, sin hacer ruido. Fue al garage donde guardaba su coche y lo sacó. Tomó el rumbo de la Reforma y la colonia Cuauhtémoc. Se detuvo en un café, donde había un teléfono público.

—Habla García, señor Del Valle.

—¿Sí?

—He averiguado algo que le puede interesar…

—Creí que ya no estaba trabajando.

—Esto le puede interesar.

—¿Qué es?

—Tenemos que hablar personalmente. Es algo muy importante.

—No tengo tiempo. Usted sabe que mañana en la mañana…

—Tenemos que hablar, señor Del Valle. Hay cosas nuevas, que no estaban calculadas.

—Le digo que no tengo tiempo.

—¿Quiere que se las diga al Sapo y a Browning?

—¿Qué dice?

—Browning, el gringo que trajeron. Y el Sapo, su paisano, señor Del Valle. ¿O prefiere que hable con el general Miraflores?

—No entiendo…

—Creo que esta tarde me mandó usted un recado a mi casa, señor Del Valle. No estaba allí, pero cuando llegué, entendí el recado.

—¿Quiere dinero, García?

—Tal vez. Pero antes tenemos que hablar. Y no quiero hablar con el gringo y el Sapo. Quiero hablar con usted y con mi general Miraflores.

—Está bien. ¿Sabe dónde vivo?

—Sí.

—Hay una puerta lateral, que sólo utilizo yo. Es el número sesenta y cuatro, junto a la reja grande. Venga dentro de media hora. Lo espero.

—Bien.

—Aquí hablaremos, García.

Colgó el teléfono. Salió rápidamente y tomó su coche. Del Valle vivía a dos cuadras de allí. Localizó la puerta en una pasada del coche, lo dejó media cuadra más adelante y se regresó a pie y esperó, envuelto en las sombras. Y ahora Martita está sola. Está sola allí en la cama, con toda su muerte. Yo nunca había pensado en eso. Matar a alguien es mandarlo a que esté solo. Mejor me hubieran sonado a mí, como lo hacen los hombres. Pero habrán pensado que una mujer es como cualquier otra. Y que una muerte es como cualquier otra. Así habrán pensado. Pero era Martita. Y ahora allí está sola, con toda su muerte. Y yo estaba sentado junto a ella, pero ella estaba sola. Y yo estaba solo. Allí los dos. ¡Como un velorio! Tal vez debí buscar a una de esas monjas que acompañan a los muertos. Pero Martita ya para qué quiere a una monja. ¡Pinche monja! Ya que está uno solo con su muerte, no necesita a nadie.

Un Chevrolet oscuro se detuvo frente al número 64 y bajó un militar. García sacó la pistola de la funda y se acercó, mientras el militar se detenía frente a la puerta.

—Vamos adentro, general. Creo que el señor Del Valle nos está esperando.

—¿Quién es usted?

—Toque el timbre, general. No hay para qué hablar en la calle.

En ese momento se abrió la puerta y apareció Del Valle. Con la luz que salía del interior, reconoció a García.

—Le dije que no viniera hasta dentro de media hora.

—Sí, señor Del Valle, pero ya vine. Vamos adentro.

Entraron y García cerró la puerta. Del Valle dijo:

—Vamos al estudio.

Lo siguieron. El cuarto era grande, con las paredes cubiertas de libros y cuadros.

—Siéntense —dijo Del Valle. Parecía haber recobrado su aplomo.

—Yo estoy bien de pie, señor Del Valle —dijo García.

—¿Éste es García? —preguntó el general.

—Filiberto García, para servirlo, mi general.

—Por lo que me dicen, se anda metiendo entre las patas de los caballos. Le encargaron que hiciera una investigación, ya la hizo y ya acabó su trabajo. Si quiere algo de dinero, unos cien o doscientos pesos, se los damos y ya.

García, de pie aún, vio al general Miraflores desde lo alto. El general se sintió incómodo en su silla. Del Valle se sentó ante su escritorio.

—Todo el negocio estaba mal planeado, mi general —dijo García.

—¿Usted cree?, ¿qué sabe usted?

—La gente que contrataron no sirve para una cosa así. Ahora no están espantando a un alcalde de pueblo rabón…

—No sé de qué está hablando, García.

—De gentes como sus amigos el Sapo, Luciano Manrique y el gringo Browning, general. El Sapo y el gringo pueden delatarlos. Manrique no, porque yo lo maté.

—No saben nada —dijo Del Valle.

—Pero conocen a alguien que sí sabe, señor Del Valle. Por eso le digo que todo está mal planeado.

—¿Qué quiere usted, García? —preguntó cortante el general.

—¿Van a seguir adelante con el proyecto?

—No sé de qué habla…

—Es inútil, Miraflores —terció Del Valle—. García sabe ya demasiado.

—Así es.

—Déjeme pensar, García.

Del Valle quedó sentado frente al escritorio. Aquí estamos nosotros hablando, como si fuera un negocio cualquiera, y Martita está sola. Está sola con su muerte. Y para nosotros se nos va pasando el tiempo, se nos va acabando, pero para Martita ya no hay tiempo.

—Mire, García —dijo por fin Del Valle—. Usted me ha dicho que no tiene simpatías políticas, que sólo cumple órdenes —las palabras le salían con dificultad, como si no las encontrara dentro del cerebro—. Usted no es comunista, ni anticomunista, no es amigo de los gringos ni contrario a ellos. Sólo cumple sus órdenes. Porque me convenció de eso, me resolví a dejar que le dieran el trabajo en lo de los chinos. Pero ahora no entiendo

203

qué órdenes cumple. Esta mañana le dije que dejara la investigación y el Coronel ratificó mi orden. ¿Por qué ha seguido adelante con ella?

—Órdenes.

—¿Del Coronel?

—Sí.

—¿Por la duda esa que tenía usted?

—Sí.

—Comprendo. Ahora bien, señor García, usted sabe que yo tengo más autoridad que el Coronel.

Hizo una pausa, sin quitar los ojos de la cara de García. Éste estaba impasible, la pistola en la mano.

—Yo voy a ser el presidente de la República, García. Le conviene estar bien con un futuro presidente, ¿o no?

—Sí.

El general Miraflores se puso de pie.

—Usted es militar, García, y esto le interesa. Cuando el señor Del Valle sea presidente, nosotros los militares vamos a recobrar el puesto que nos ha correspondido siempre y que los últimos gobiernos civiles nos han negado. Y después del señor Del Valle yo… un militar será el presidente, porque nosotros los militares, los soldados, somos y hemos sido siempre el grupo más importante de la nación. Eso le debe gustar, García.

—Sí.

—Y para que ello pueda ser, nos debe ayudar —siguió Del Valle—. Cuando se termine, mañana, este pequeño incidente, yo voy a ocupar la presidencia y vamos a encauzar a México por el camino del verdadero progreso, con una autoridad fuerte y respetada y vamos a tener unas Fuerzas Armadas fuertes y respetables también.

—Un ejército que se haga respetar en todo el mundo, García. Y usted será parte de él —afirmó el general.

—Como ve —siguió Del Valle—, no nos ha movido

a este asunto tan peligroso el interés personal o la ambición. Es el amor a la Patria lo que nos obliga a obrar en esta forma, contraria a nuestros principios. Le puedo asegurar que el futuro gobierno, el que se inicia mañana, necesita de hombres valerosos como usted...

—Y además, García —terció el general— puede considerar esto como una orden, como una orden militar. Le está hablando un general del ejército...

—Sí.

—Entonces está de acuerdo —afirmó Del Valle.

—Claro que está de acuerdo —dijo el general complacido—. Una muerte más o, menos no es cosa que espante a un hombre como el amigo García...

El general rio satisfecho. García, de un paso, se le acercó, la mirada fija en los ojos del general.

—Ya hubo una muerte de más, mi general —dijo.

El general cortó su risa.

—¿Le espanta una muerte? Yo creí que era hombre...

Con un movimiento rápido de la mano de García la cuarenta y cinco describió un arco breve y se estrelló en la cara del general. La mira cortó la piel y brotó la sangre. El general se tambaleó.

—No diga eso, mi general. Ya le dije que había una muerte de más en este asunto. No meta la mano al cajón del escritorio, señor Del Valle. Acérquese acá despacio, para que se le quite la tentación. Y usted no se mueva, general.

—Está loco, García —dijo Del Valle acercándose.

—Sí.

—Usted siempre ha sido un pistolero a sueldo...

—Sí, señor Del Valle. Siempre he sido un pistolero a sueldo, pero ahora ya le dije que hubo una muerte de más.

—Creí que estaba con nosotros, que aceptaba lo que le estábamos proponiendo —dijo Del Valle.

El general se limpió la sangre de la cara. Le había escurrido hasta el uniforme, posiblemente por primera vez manchado por la propia sangre.

—Esto le va a costar caro, García. No se le pega impunemente a un general mexicano.

García los veía en silencio, los ojos duros como pedazos de hielo.

—¿Qué busca, García? —preguntó Del Valle—. Todo está perfectamente arreglado y tan sólo hubo un tropiezo sin importancia. Ya sé que la policía localizó el hotel de Browning…

—Todo está desarreglado, señor Del Valle. Por mejor decir, todo estuvo desarreglado desde un principio. Desde que se quisieron poner inteligentes y aprovechar el rumor del atentado de los chinos. Desde que insistió en que me encargaran a mí esa investigación, seguro de que iba a caer en la trampa y jurar que había un complot mongol cuando me despertara del macanazo que me iba a dar el finado Luciano Manrique. Desde que me hizo trabajar con el gringo y el ruso. Desde que escogió a este general como socio y le encargó que reuniera a la gente necesaria, a su gente, que para nada sirve. Y, sobre todo, desde que esta tarde mandaron a alguien a mi casa a darme un aviso y mataron a…

Hizo una pausa. Algo no lo dejaba pronunciar allí el nombre de Marta.

—¿A quién García? Le juro que no hemos mandado a nadie a su casa. Usted ya estaba separado de la investigación y ya no tenía importancia.

Cuando García habló, su voz era dura.

—Usted nunca ha matado a nadie, señor Del Valle.

—Naturalmente que no.

—Sí. Para eso tiene a sus pistoleros, que matan sin pensar, que matan a la orden. Pero por una vez en su vida, le haría bien matar.

—¿Yo? Está loco…

—Dicen que nunca hay que ordenar que se haga algo que no sabe uno hacer por sí mismo. Y usted iba a ordenar que asesinaran al Presidente…

—A gentes que tienen el oficio de matar, García. Ése no es mi oficio.

—Todo esto es idiota —dijo el general.

García le golpeó la boca con la pistola.

—Nadie le ha dicho que hable, general. Aprenda a cumplir órdenes. ¿Qué dice, señor Del Valle? ¿Quiere matar a alguien para experimentar cómo se siente? Cuando sepa cómo se hace, ya podrá ordenarlo, sin hacer tanta tontería.

—No entiendo.

—Ya su complot se fue al diablo. Entre usted y el general lo echaron todo a perder. Ya ni los chinos ni la Mongolia Exterior o los rusos pueden ser los chivos expiatorios. Para ese puesto se necesita a un mexicano, algo que la gente de aquí comprenda. ¿Entiende?

—Sí, pero… Todo está listo para el atentado.

—¿Porque ya les dio al Sapo y al gringo sus tarjetas de identificación como policías, para que puedan ir a la plaza? Pero eso no sirve, porque el Coronel está dando tarjetas nuevas a los que van de guardia.

—¿Está seguro?

—Sí. Y si usted sigue siendo hombre importante, quién quita y en las próximas elecciones se le haga por las buenas. O quién quita y en otra ocasión se presente otra oportunidad y entonces sepa cómo matar a la gente. No de oídas, como ahora.

—¿Qué me está proponiendo, García?

—Que mate al general Miraflores. Que luego lo delate como autor del complot. Así le habrá salvado, con peligro de su propia vida, la vida al señor Presidente. Habrá salvado a las instituciones… Y siempre puede haber otra oportunidad.

El general iba a decir algo, pero vio a García y calló.

La sangre le escurría de la cara y de la boca, tenía los ojos enrojecidos. García siguió hablando:

—El general es un pistolero como yo. Es militar, hecho para andar matando gente; nada más que él, para hacerlo, se esconde tras del uniforme. Es lo que usted decía, un asesino con equipo y toda la cosa. Pero ya ve cómo eso no sirve. No ha podido arreglar este negocio. Usted, en cambio, señor Del Valle, es un político que anda predicando la paz y la ley. Anda hablando de que se acabó la Revolución y ahora estamos en paz…

—Sí, es cierto…

—Pero, Del Valle… —empezó el general.

Esta vez García le pegó con la mano izquierda, de revés.

—Cállese.

Hubo un silencio. El general respiraba con dificultad, tal vez por la sangre que le llenaba la boca y las narices. Tal vez por los sollozos.

—Si hago lo que usted quiere… —dijo del Valle.

—Será un héroe. ¿Quién le podrá ganar las próximas elecciones cuando todos sepan que, con peligro de su vida, ha salvado las instituciones? Y con el tiempo, hasta usted mismo va a creer que todo es cierto.

—Pero… ¿cómo?

—No creo que quiera hacerlo con un cuchillo. No es agradable. ¿Qué pistola tiene en su cajón?

—Una treintaidós veinte.

—Pistolita, pero vale.

García fue al escritorio y sacó el revólver. Volvió trayéndolo en la mano izquierda.

—Tome, señor del Valle. Dispare al pecho, tres o cuatro veces. Y que no se le vaya a ocurrir disparar sobre mí. Una cuarenta y cinco hace un agujero muy grande.

—Comprendo —dijo Del Valle.

El general se adelantó un paso.

—Quieto, mi general.

—Del Valle —dijo—, Del Valle, somos amigos, lo hemos sido mucho tiempo…

El señor Del Valle tenía la pistola en la mano. La miraba insistentemente.

—Del Valle —dijo el general—, usted me metió en este asunto. Toda la idea fue suya. Yo sólo quise ayudarlo, como su amigo…

—Pero me ayudó mal, Miraflores —dijo Del Valle—. Lo hizo todo mal. En eso tiene razón el señor García.

Su voz sonaba ahogada, como si le naciera de muy lejos de la boca.

—Somos amigos…

—Yo no tengo amigos. En política no hay amistades. Y de todos modos, general Miraflores, después de lo que iba a suceder mañana, pensaba mandarlo eliminar. No conviene dejar testigos y hasta había pensado en el señor García para ese trabajo.

—Pero yo creía que…

—Todo lo pensó mal, Miraflores. Muy mal. El señor Del Valle oprimió el gatillo. La bala le dio al general en el vientre. Soltó un quejido y se llevó las manos a la herida. La segunda bala no dio en el blanco. El señor Del Valle, al disparar, había cerrado los ojos. El general cayó lentamente de rodillas.

—Por favor, Del Valle… Por Diosito santo…

—Ahora en el pecho —dijo García—. No hay que hacerlos sufrir demasiado.

El señor Del Valle abrió los ojos y disparó nuevamente. La bala entró entre la boca y la nariz. El general extendió las manos hasta tocar las piernas de Del Valle y dejó en ellas cinco rayas rojas. Luego se recostó lentamente en la alfombra. García se acercó y le quitó a Del Valle la pistola de las manos. Luego le quitó la pistola de la funda al general.

—¿Ya ve como no es tan difícil?

Del Valle veía el cuerpo del general con los ojos desencajados.

—¿Quiere una copa?

Del Valle empezó a temblar como si tuviera escalofríos. Los dientes le castañeteaban. García fue a una mesa baja, donde había servicio de cantina, llenó medio vaso con coñac y se lo llevó a Del Valle.

—Tome. Esto es como con las mujeres. La primera vez les molesta, pero luego le toman gusto.

Del Valle se bebió el coñac de un trago. Pareció hacerle provecho.

—Es terrible esto.

—Cuando mata uno a alguien, señor Del Valle, lo condena para siempre a la soledad.

—¿Qué dice?

—Algo que aprendí esta tarde.

Del Valle no dejaba de ver el cadáver del general.

—¿Está muerto? Me pareció que aún se movía.

—¿Quiere darle otro tiro para asegurarlo?

—Déme otro coñac.

—Sírvaselo.

Del Valle fue a la mesa, se sirvió otra copa y la vació de un trago.

—¿No quiere uno, García?

—Yo ya no lo necesito.

—Y ahora, ¿qué hacemos? Tal vez lo mejor fuera hablarle al Coronel.

La voz de Del Valle se iba afirmando, volviendo a lo normal.

—Sí, eso es. Miraflores me confesó, gracias a usted, su villanía, su intento de asesinar al señor Presidente, de subvertir el orden público. Tenía la pistola en la mano y tuve que matarlo en defensa propia… No, en defensa de la vida del señor Presidente, de las instituciones…

Del Valle caminó hacia el teléfono.

—No se mueva —dijo García.

Del Valle se volvió sorprendido.

—¿Qué quiere ahora?

—Usted mismo, señor Del Valle, la primera vez que hablamos, me ordenó que averiguara a fondo este asunto y que, si había alguna verdad en el rumor, obrara de acuerdo con mis mejores luces. Estoy cumpliendo sus órdenes.

—Pero… las cosas han cambiado completamente…

—Y para mí, una muerte más o menos no tiene importancia. Esta tarde se hizo la única muerte que tiene importancia, señor Del Valle…

—Ya le dije que no la ordené, que no sabía nada…

—Tal vez. Pero no podemos quedarnos con la duda. No puedo quedarme con ella. Y luego, usted ha matado al general Miraflores…

—Usted me obligó, García.

—El general Miraflores vino conmigo, señor Del Valle, a aprehenderlo por conspirar contra la vida del señor Presidente y usted lo mató a la mala. Yo lo maté a usted, tratando de salvar a mi general Miraflores.

—No puede matarme, García…

—¿No?

—Ya me ha hecho matar a un hombre…

—Sí. Era bueno que supiera de eso y que yo supiera a qué atenerme con usted.

—Le puedo dar lo que quiera, García. Usted mismo dice que tengo oportunidades de llegar a la Presidencia. Lo puedo hacer rico cuando llegue a la Presidencia…

—A la Presidencia del infierno, señor Del Valle.

Disparó una sola vez. La bala le entró a Del Valle entre los ojos, le desbarató la cara y le quitó, junto con los anteojos, el aspecto de hombre importante y venerable. García puso la pistola en la mano del cadáver del general y guardó la suya propia. Luego fue al teléfono que estaba sobre el escritorio y marcó un número:

—Habla García, mi Coronel.

—Son las diez y siete minutos, García. Le dije que me llamara a las diez en punto.

—¿Hay órdenes, mi Coronel?

—No hemos podido aprehender ni al Sapo ni al gringo, pero estoy seguro de que tenía usted razón. Recogimos el rifle…

—¿Hay órdenes, mi Coronel?

—Sí. Es necesario detenerlos, detenerlos como sea. Ya he cambiado a todos los hombres de guardia, por las dudas. Le he pedido a los del FBI que refuercen la guardia en las ventanas que dan a la plaza. Pero hay que detener a las cabezas…

—Ya no es necesario, mi Coronel.

—¿Qué dice? Esto es una orden…

—Estoy en la casa del señor Del Valle. Parece que tuvieron un disgusto, se hicieron de palabras y se dieron de balazos.

—¿Están muertos?

—Sí.

—Espéreme allá.

—Lo siento, mi Coronel, pero tengo que hacer algunas cosas.

Colgó el teléfono, salió del cuarto y llegó a la puerta de la calle. Se había guardado la pistola en la funda. Cuando abrió la puerta se encontró de frente con dos hombres. Tenían pistolas en las manos.

—No se mueva —dijo uno de ellos—. Entre…

García retrocedió, sin quitarles la vista de encima. Los dos hombres entraron tras de él.

—Oímos unos tiros. ¿Dónde están el señor Del Valle y mi general Miraflores?

—Allá dentro —dijo García.

—Usted es García —dijo un hombre—. Lo he visto algunas veces.

—Sí. Y usted es el Sapo…

—So this is the guy —dijo el otro.

—Y el señor es Browning.

—Vamos al estudio —dijo el Sapo.

Entraron al estudio. El gringo soltó un chiflido leve cuando vio los cadáveres.

—Se los quebró a los dos —dijo el Sapo.

—Se mataron ellos —dijo García.

El gringo, sin soltar la pistola, se le acercó y le sacó la cuarenta y cinco de la funda.

—He hasn't fired —dijo, oliendo el cañón.

—Recibí su recado —dijo García—. Cuando llegué esta tarde a mi casa, recibí su recado.

—Nosotros no le hemos mandado ningún recado, García. Pero ahora lo vamos a mandar al infierno.

—¿No fueron a mi casa esta tarde?

—Ni sabemos dónde vive. Hemos estado corriendo de un lado para el otro. Nos cayeron en el hotel…

—Shut up —dijo el gringo—. Usted, míster García, se va a morir hoy…

—Si hubiéramos sabido dónde era su casa, lo hubiéramos buscado para matarlo —dijo el Sapo—. De todos modos hace tiempo que le tengo ganas, desde que mató a Luciano Manrique.

—¿Cómo sabe que fui yo?

—Me lo dijo el señor Del Valle. Y ahora, quietecito, para que no le duela, como dicen los doctores…

En la puerta abierta sonó la voz de Laski.

—¿Necesita ayuda, Filiberto?

El gringo se volvió rápidamente y la bala de Laski le dio en el corazón, echándolo hacia atrás. El Sapo saltó sobre García, pero éste ya tenía el puñal abierto en la mano y el mismo Sapo se lo clavó en el pecho. García tiró del puñal y lo volvió a clavar. Laski lo tomó del brazo.

—Vámonos, Filiberto.

García recogió su pistola y salieron casi corriendo. A lo lejos se oían las sirenas de la policía.

—Vamos en su carro —dijo Laski.

Se subieron. Dos patrullas de la policía llegaban en ese instante a la casa del señor Del Valle. García arrancó el motor.

—Gracias —dijo García.

—¿Está herido? —preguntó Laski.

—No.

—Comprendo que ese asunto era entre mexicanos, Filiberto, pero me vi obligado a intervenir. Es usted mi amigo.

—Creí que no era sentimental.

Laski rio brevemente.

—Lo necesito. Para lo que le dije hoy al mediodía. Y cuando necesito algo, lo cuido, como cuido mi Lugger.

—Gracias, de todos modos.

—He logrado averiguar a quién pertenece el teléfono 35-99-08 —dijo Laski.

García lo vio sorprendido.

—Sí, Filiberto. Es el número que marcó el chino aquel, cuando pidió el dinero con el que nos iba a cohechar. El teléfono es de otro chino, un tal Liu, que vive en la calle de Dolores.

—Sí.

—Y la señorita Fong era empleada de ese chino, antes de irse con usted.

—¿Y qué?

—Quiero que me ayude en esta investigación. Me han dicho que es amigo de Liu.

—Yo ya acabé mi investigación.

—No, no la ha acabado.

—Sí.

—La señorita Fong está muerta, Filiberto.

Hubo un silencio. Sí. Martita está muerta, muy sola con su muerte. Allí en mi cama. Y yo solo con mi vida. Y Del Valle y el general y todos ésos también andan ya con su muerte. Y yo solo con mi vida. Como que me van dejando atrás. Como que yo siempre estoy en la puerta, abriéndola para que pasen los que ya van con su muerte. Pero yo me quedo fuera, siempre fuera. Y ahora Martita ya entró y yo sigo fuera.

—Mire Filiberto, yo creo que el chino Liu mandó a la señorita Fong a que lo vigilara, a que espiara sus actos, creyendo que estaba usted investigando lo de Cuba…

—¿Quién la mató?

—Un chino entró a su casa a eso de las cinco de la tarde. ¿Vamos a buscar a Liu?

—Sí.

Llegaron a Dolores. Las tiendas y el restaurante ya estaban cerrados y no había gente en la calle. Seguramente siguieron mi consejo y se han escondido todos. Como que todos nos van dejando solos. A Martita sola con su muerte y a mí solo con mi vida.

Se detuvieron frente a la tienda de Liu y bajaron del coche. Tocaron a la puerta. A los pocos momentos se abrió. Era el chino Liu. Con la cara impasible vio a García y luego al ruso. La tienda estaba casi oscura, tan sólo iluminada por un brasero chino, con carbón y papeles que se quemaban. Olía a humo y a incienso. El chino Liu retrocedió para dejarlos entrar, luego cerró la puerta y se volvió hacia sus visitantes.

—Martita está muerta —dijo García.

—Sí.

—¿La mataste?

—Sí.

García sacó lentamente la pistola. Laski se interpuso.

—¿Qué papeles está quemando?

—Papeles, papeles mu malos, mu malos…

Se acercaron al brasero. Un montón de billetes de cincuenta dólares ardía sobre las brasas. Había aún dos o tres latas de té llenas de billetes y otras muchas vacías.

—Papeles mu malos —dijo Liu.

García levantó la pistola. Laski se interpuso.

—Un momento, Filiberto…

—Déjelo, señol. Es mejol así…

—¿Para qué mandó a esa muchacha a que vigilara a García?

—¿Qué impolta ya eso?

Echó otro puñado de billetes en las brasas, subió la luz y brillaron los vientres de porcelana blanca de los budas alineados en la vitrina.

—¿Es socio de Wang y ese grupo?

—¿Qué impolta ya eso?

—¿Qué querían averiguar de García?

—Mi hijo está muelto… ¿Qué impolta lo demás? Mi hijo mayol… Y ustedes lo matalon… Mi hijo Xaviel…

—¿Su hijo, Liu? No sabía que tuviera uno —dijo García.

Liu echó más billetes en las llamas.

—Vivía en Cuba… Y Maltita se fugó y se lo entlegó a ustedes. Y ahola está muelto… Ela mi hijo único y se acaba la honolable casa de Liu. Ya no hay quién le linda el culto debido a los honolables antepasados… Eso hicielon cuando matalon a mi hijo Xaviel… Y Malta ela como toda mujé, mala, mu mala. Se enamoló de usté, señol Galcía, pelo eso no tiene impoltancia… Uno sabe que la mujé es mala de nacimiento, mu mala, y que tlaiciona… Pelo luego ella les entlegó a mi hijo Xaviel, que vino de Cuba lleno de ilusiones pala hacel cosas mu impoltantes allá, mu impoltantes. Y él me dio a gualdal este dinelo malo…

Echó otros billetes sobre las brasas, se inclinó y sopló para avivar el fuego. Laski lo tomó del saco y lo obligó a incorporarse:

—¿Quién era el principal en este asunto de Cuba?

—¿Qué impoltancia tiene eso? Ustedes matalon a mi hijo Xaviel… ¿Qué impoltancia tiene lo otlo?

—¿Quién era el jefe? —insistió Laski

—¿Qué impoltancia…?

Laski, con el cañón de la pistola, le cruzó la cara. Brotó la sangre, pero Liu pareció no darse cuenta. Ni siquiera se llevó las manos a la herida. García se adelantó y obligó a Laski a soltar a Liu.

—¿Por qué mataste a Martita?

—Mu mala, mu mala. Vendió a mi hijo Xaviel…

—No me dijo nada de tu hijo.

Liu quedó en silencio, como meditando en esas palabras. La sangre le escurría hasta el pecho. Se inclinó y echó más billetes en las brasas.

—Ella me dijo que se iba a quedal con usté, polque usté ela bueno… Y yo no la cleí. Las mujeles siemple con mentilas… Ella le dijo de mi Xaviel y está muelto…

García disparó entonces. El chino golpeó contra la vitrina, rompió el cristal y los budas de porcelana se derramaron en el suelo. García enfundó la pistola y salió de la tienda. Algunas luces se habían encendido y unos chinos se asomaban discretamente. A lo lejos silbó un policía. García dejó el coche donde estaba y caminó rumbo a la avenida Juárez. Las manos le colgaban a los lados, pesadas, como dos cosas ya inútiles. Tengo que lavarme las manos. ¿Para qué seguir llevando en ellas la sangre de esa gente? No conviene entrar donde está ella con las manos cubiertas de sangre. Se puede espantar. ¡Pinches manos!

Laski lo alcanzó en la esquina de la avenida Juárez.

—No debió hacer eso, Filiberto.

García siguió andando. Torció hacia la derecha, rumbo a Cinco de Mayo y la cantina de La Ópera. Laski caminaba junto a él

—No debió hacer eso. Era importante averiguar todo lo que se pudiera acerca de este complot chino.

García seguía caminando. Las manos me están pesando, demasiado, como si llevara piedras en ellas. Liu la mató. Yo maté a Liu. Me están pesando las manos. Me duelen, como muchas muertes juntas. Tengo ganas de sentarme aquí en la banqueta… en una piedra del campo, como antes en la orilla del camino. Pero ya no hay caminos que andar con las manos que me pesan, que me duelen con tantas muertes que llevo dentro. ¡Pinches manos!

—No es de profesionales lo que hizo hoy, Filiberto. A un sospechoso se le saca todo lo que se pueda antes de matarlo. Eso es elemental.

García cruzó San Juan de Letrán. En Yurécuaro me sentaba en una piedra junto a la vía del tren. No me pesaban las manos. Podía aventar piedras y estrellarlas contra los rieles. Podía subirme a los naranjos y bajar la fruta robada. No me pesaban las pinches manos.

—O tal vez su gobierno le dio órdenes para que no se pudiera llegar al fondo del asunto. O tal vez los norteamericanos… Sería triste que usted, un mexicano, estuviera trabajando a las órdenes de los gringos. Ellos son sus verdaderos enemigos.

García entró por el Callejón de la Condesa. Y yo aquí con las manos pesadas, caminando por las calles. Y ella en mi cama, tan sola con su muerte. Y yo aquí solo, caminando por la calle, con las manos que me pesan como muchas muertes. A ella ya no le pesa nada, ni el tiempo, ni nada. O tal vez le pesa su muerte, como si tuviera un hombre encima. Yo no sé lo que es eso, la muerte. Y ella lo sabe ya. Por eso está sola. Por eso no está conmigo. Porque ella ya lo sabe y yo no. Yo sólo sé cómo se va empezando en ese camino, cómo se vive con una soledad a cuestas. ¡Pinche soledad!

Laski lo tomó del brazo:

—Tiene que oírme, García.

García se detuvo y se volvió. El sombrero le llenaba de sombras la cara.

—Mire, si su gobierno le ordenó que obrara en esa forma, no tengo nada que decir, lo comprendo. Pero de otra manera, si es por una razón personal, sentimental… Por la señorita Fong… ¡Eso no es de profesionales! Ninguno de nosotros mata por un motivo así. Sería absurdo. Sería un crimen.

García dijo:

—¡Chingue a su madre!

Luego siguió caminando, Laski se quedó inmóvil, viéndolo ir. En la cantina de La Ópera el Licenciado le dijo:

—El Coronel lo andaba buscando, Capi.

El Licenciado estaba muy borracho. Tenía la voz pegajosa y los ojos vagos.

—Déme una botella de coñac —pidió García.

Quedaban muy pocos clientes. La cantina se preparaba a cerrar.

—Tiene manchas de sangre en la ropa, mi Capi —dijo el Licenciado.

García destapó la botella de coñac y se sirvió en un vaso.

—Antiguamente los abogados tenían siempre manchas de tinta en las manos y en la ropa. Gajes del oficio. Pero nosotros ya no usamos tinta. Usamos máquinas de escribir. Ustedes deberían buscar sistemas semejantes. Toda nuestra civilización tiende a que los hombres puedan conservar las manos limpias… Siquiera las manos.

García echó un trago de coñac y tapó la botella. ¡Pinche Licenciado! Nunca me ha tenido miedo o, tal vez, se anda buscando su muerte. Tal vez es el único que tiene pantalones de verdad, por lo menos cuando está borracho. Pero Martita está sola, en mi cama. Sola con su muerte.

—Venga conmigo, Licenciado. Vamos a un velorio.

—¿Usted proporcionó el difunto?

—Venga.

Tomó la botella de coñac, la pagó y salieron.

Cuando entraron a la casa, García no encendió la luz. Llegaba bastante por la ventana. Fue a la cocina y se lavó las manos. No conviene entrar donde está ella con esta sangre en las manos. Con esta pinche sangre.

El Licenciado dormitaba en la sala.

—¿Dónde está el difunto, Capi?

—Venga.

Pasaron a la recámara. La luz de la ventana daba sobre la cama y la forma hierática del cadáver. García acercó dos sillas al pie de la cama. Hizo que el Licenciado se sentara en una de ellas. Luego fue a la cocina y trajo dos vasos, los llenó de coñac y le dio uno al Licenciado. Con el otro en la mano, se sentó.

—Gracias —dijo el Licenciado.

—Rece, Licenciado.

—¿Que rece? Pero si ya no me acuerdo...

—Se lo pido como amigo. Récele algo, aunque no haya velas.

El Licenciado empezó a recitar, como en sus tiempos de monaguillo. Las palabras le salían mezcladas, embarradas de borrachera.

—*Réquiem eternam dona eis Domine.*

García tomó un trago. La pistola le dolía sobre el corazón. ¡Pinche velorio! ¡Pinche soledad!